KB049514

정말 맛있습니다……

크리스티나가 감탄하며 리조토를
한 입 더 떠서 천천히 맛보았다.
그 입가에 아주 조금 씁쓸하고 허무한 미소가 떠올랐다.

정령환상기

가능하다면
당신과는 다른 형태로
만나고 싶었어……

저도요

리오와 루이가 너나할 것 없이
무기를 들었다.

키타야마 유리
Yuri Kitayama

Illustrator◆Riv

12

전장의 교향곡

정령
환상기

커버 및 본문 일러스트_ Riv

CONTENTS

❖

❰ 프롤로그 ❱ 추억의 크리스티나 ——— 10

❰ 제 1 장 ❱ 이동 ——— 16

❰ 막간 ❱ 밀담 ——— 56

❰ 제 2 장 ❱ 레스토라시온으로 가는 길 — 64

❰ 막간 ❱ 한편, 그 무렵 ——— 112

❰ 제 3 장 ❱ 추적자의 그림자? ——— 128

❰ 막간 ❱ 밀담, 다시 ——— 166

❰ 제 4 장 ❱ 국경을 앞에 두고 ——— 176

❰ 제 5 장 ❱ 전장의 지배자 ——— 216

❰ 에필로그 ❱ 특별함에 대한 동경 ——— 242

❰ 후기 ❱ ——— 246

플로라
벨트람
벨트람 왕국 제2 왕녀
현재는 용사
사카타 히로아키와
함께 움직인다

크리스티나
벨트람
벨트람 왕국 제1 왕녀
동생인 플로라를
뒤에서 걱정한다

로아나
폰테인
벨트람 왕국의 귀족 영애
플로라의 수행원으로
함께 움직인다

사카타
히로아키
이세계 전이자이며
용사 중 한 명
유그노 공작을
뒷배로 움직인다

시게쿠라
루이
이세계 전이자인
고등학생
벨트람 왕국의
용사로 움직인다

알프레드
에마르
벨트람 왕국 근위기사단장
『왕의 검』이라는 별명을
가진 왕국 최강자

리제롯테
크레티아
가르아크 왕국의 공작
영애이자 리카 상회 회장
전생은 고등학생인
미나모토 리카

아리아
거버네스
리제롯테를 모시는
시녀장이자 마검술사
세리아와는
학생 시절부터 친구

스메라기
사츠키
이세계 전이자이며
미하루 일행의 친구
가르아크 왕국의
용사로 움직인다

샤를로트
가르아크
가르아크 왕국 제2 왕녀
사츠키의 친구 겸 감독

센도
타카히사
이세계 전이자이며
아키와 마사토의 손위형제
센트스텔라 왕국의
용사로 움직인다

리리아나
센트스텔라
센트스텔라 왕국
제1 왕녀
타카히사의 감찰관으로
함께 움직인다

리오(하루토 아마카와)

어머니를 죽인 원수에게 복수하기 위해
살아가는 이 작품의 주인공
벨트람 왕국이 지명수배를 내려 가명인 하루토로 활동 중
전생은 일본인 대학생 아마카와 하루토

아이시아

리오를 하루토라고
부르는 계약 정령
희귀한 인간형 정령이지만,
본인의 기억은 애매모호

세리아 크렐

벨트람 왕국의 귀족 영애
리오의 학원시절 은사인
천재 마도사

라티파

정령의 마을에 사는
여우 수인 소녀
전생은 초등학생인
엔도 스즈네

사라

정령의 마을에 사는
은늑대 수인 소녀
리오 곁에서 바깥 세상
견문을 넓히는 중

아르마

정령의 마을에 사는
엘더드워프 소녀
리오 곁에서 바깥 세상
견문을 넓히는 중

오피아

정령의 마을에 사는
하이엘프 소녀
리오 곁에서 바깥 세상
견문을 넓히는 중

아야세 미하루

이세계 전이자인 고등학생
하루토의 소꿉친구이며
첫사랑인 소녀

센도 아키

이세계 전이자인 중학생
이부남매인 하루토를
미워한다

센도 마사토

이세계 전이자인 초등학생
리오에게 미하루, 아키와
함께 보호받는다

등장인물소개

【 프롤로그 】 ❋ 추억의 크리스티나

어릴 적.

크리스티나 벨트람은 자기가 특별하다고 생각했다.

슈트랄 지방 유수의 대국인 벨트람 왕국의 제1 왕녀로 태어나 1위 왕위계승권을 가졌다. 면학과 마법 재능이 뛰어나며 무엇이든 배우기 시작하면 교육자들에게 천재라고 찬양받으며 자랐다.

노력도 어렵지 않았다. 노력은 사람 위에 서는 특별한 존재가 해야 하는 당연한 책무라고 생각했다. 노력해서 성과를 내면 부모님이 칭찬해줬고 사랑하는 동생도 존경의 눈으로 바라보았다.

그래서 서너 살이 되어 철이 들 무렵, 스스로 남보다 노력하는 것이 당연한 습관이 되었다. 부모님의 기대에 부응하고자 했다. 동생에게 존경받는 언니이고자 했다.

노력은 분명한 결과로 나타났다. 좌절한 적도 없고 무엇을 해도 천재라 불렸다. 그야말로 만사가 순조로웠다.

그래서인지 그녀는 점점 자기가 남보다 뛰어나며 남보다 특별하다고 여기게 됐다.

나는 특별하니까 못 하는 일이 없다. 나보다 뛰어난 존재는 없다. 비대해진 자존심에 그런 생각까지 했다.

그래도 모든 분야에서 자기보다 재능이 부족한 플로라

를 우둔하다고 생각하진 않았다. 동생은 사랑스러웠다.

아버지와 어머니에게 칭찬받는 것도 좋았다. 왕족으로서 대등하게 사귈 수 있는 사람이 적은 그녀에게 가족은 변함없이 소중한 존재였다.

그래서였을까. 일곱 살 때, 국가의식 때문에 성 밖으로 나간 플로라가 유괴된 것을 알았을 때는 하늘이 무너지고 땅이 꺼진 듯 이성을 잃고 말았다.

아버지의 내밀한 명령을 받고 조사를 나간 바네사와 세리아의 흔적을 쫓아 반쯤 억지로 성을 빠져나가는 어리석은 짓까지 저질렀다.

그렇게 간 곳은 왕도 슬럼가. 태어나서 처음 간 곳이자 원래대로라면 살면서 한 번도 오지 않았을 구역이었다.

그녀는 거기서 한 고아를 만났다.

고아의 이름은 리오.

얼굴을 가릴 만큼 수북하게 자란 머리카락, 때가 묻어 더러운 꺼칠한 피부에 시큼한 냄새가 나는 누더기 옷. 그리고 말라빠진 몸.

나이는 크리스티나와 동갑이었다. 왕족으로서 부족함 없이 살아온 그녀와 정반대 위치에 있는 이질적인 소년이었다.

세상에는 이런 아이도 있구나. 그녀는 태어나서 처음으로 고아를 보고 그렇게 느꼈다. 소년에게 어떻게 말을 걸어야 할지 몰랐다. 플로라가 유괴당한 초조함에 못되게 말했다.

그러나 리오라는 소년은 의외로 예의 바랐다. 다만, 처음 말을 걸었을 때는 이렇다 할 유력한 정보를 얻지 못 하고 떠났다.

그 후, 기절한 플로라를 업고 슬럼가를 걷고 있는 리오를 보고 격분하고 말았다. 플로라에 관해 아무것도 모른다고 했으면서 이 고아는 아무렇지 않게 거짓말을 했다고.

그래서 크리스티나는 리오의 뺨을 때리고 규탄했다. 그러자 리오는 차가운 눈으로 가만히 크리스티나를 바라보았다. 그게 무서워서 크리스티나는 반사적으로 다시 뺨을 때리려고 했으나 리오에게 손이 붙잡혔다. 다른 손으로 따귀를 때리려 했지만, 이번에도 잡혔다.

그것이.

태어나서 처음으로 신체의 자유를 힘으로 빼앗긴 순간이었다.

태어나서 처음으로 차가운 시선을 받은 순간이었다.

태어나서 처음으로 누군가가 무섭다고 느낀 순간이었다.

이때까지 제1 왕녀인 그녀에게 거친 행동을 한 자는 없었기에. 모두 크리스티나를 숭배했기에.

분했다. 자존심 상했다. 지금까지 특별하다고 자부한 자신이 특별하지도 않고 뭣도 아닌 미덥지 못 한 존재임을 깨닫고 말았다.

그때, 크리스티나는 몹시 격분했다. 하지만 크면서 생각해보니 그날 일이 계기였다.

사실 자기라는 인간은 특별하지 않고 타인과 아무것도 다르지 않다고 의식하게 된 것이.

자신은 그냥 태어나서부터 제1 왕녀라는 지위를 부여받았을 뿐. 특별한 것은 지위이지 자기가 아니라고.

왕립학원을 다니며 더 실감하게 되었다. 자신은 여러 분야에서 남보다 뛰어난 성과를 이루기는 했다.

그러나 어디까지나 수재에 그쳤다. 왕립학원에서 매번 수석을 차지하긴 했지만, 단순히 공부를 잘할 뿐, 그냥 똑똑한 것에 지나지 않았다.

눈에 띄는 재능은 없었다. 그 분야의 진정한 천재에게는 이기지 못했다. 마도 분야에서 천재라 불리는 세리아 크렐에게는 이기지 못했다. 세리아가 월반해서 썼다는 논문을 보았을 때, 내용은 이해해도 도저히 세리아가 월반한 나이에 쓰지는 못할 것 같았다.

그리고…….

또 한 명, 천재일지도 모르는 사람이 있었다. 처음에는 인정하고 싶지 않았지만, 리오라는 소년이었다.

슬럼가에서 제대로 된 교육을 받지 못 했을 텐데 편입한 지 얼마 되지 않아 읽고 쓰는 법을 습득했고 학원 학생들을 제치고 크리스티나와 함께 학년 수석이 되었다. 엄청난 흡수력이었다.

공부는 자신 있다고 자부하던 크리스티나는 남몰래 경

악했다. 만약 자기가 리오와 같은 처지였다면 리오와 같은 시간만큼 공부서 같은 성적을 받을 수 있었을까.

그리고 학원 강의나 방과 후에 검술 훈련하는 모습을 몇 번 보았다. 무척 아름다웠다. 다른 학생과는 몸놀림이 달랐다.

유려하고 날카롭게 갈고 닦은 그 몸놀림은 매우 뛰어났다. 그래서인지 검을 휘두르는 모습을 홀린 듯 바라본 적이 있었다.

아, 이 사람도 천재로구나.

솔직하게 그렇게 생각했다.

그래도 크리스티나와 리오의 관계는 달라지지 않았다. 학원에서는 철저히 거리를 두려고 했다.

처음 만났을 때의 일이 마음에 걸려서 불편하기도 했다. 말을 걸고 싶어도 어떻게 말을 걸어야 할지 몰랐다. 그런 일이 있었으니 그도 말을 걸지 않길 바랄 터였다.

무엇보다 자신은 제1 왕녀라는 특별한 위치에 있었다. 남 앞에서 경솔하게 사과해도, 문제될 발언을 해서도 안 됐다.

그런 갑갑한 특별함.

안 그래도 국내 권력투쟁 때문에 골머리를 썩는 아버지께 폐가 끼칠지도 모른다 생각을 하니 분쟁이 생길 언행은 최대한 피해야 했다.

특별한 지위를 부여받고 태어났으니 특별하게 행동해야

했다. 설령 그것이 잘못되었다 해도…….

크리스티나는 어릴 적부터 그것이 특별한, 나라를 통치하는 왕족의 책무라고 믿어왔다.

그래도 학원에서 고립된 리오를 보면 형언할 수 없는 불쾌감이 들었다.

귀족 아이들이 자기를 특별한 존재로 착각하고 방약무인하게 구는 꼴이 예전의 자기를 보는 것 같아 불쾌감과 창피함이 솟구쳤다.

슬퍼하는 플로라를 보면 자신이 한심했다. 그런 현실조차 어쩌지 못하는 자신의 무력함이 창피했다.

그래도 방관하는 길을 고집했다.

그 결과가 희생을 낳았다. 리오라는 소년은 행방을 감췄고 생사불명이 되어 크리스티나 앞에 나타나지 않았다.

괴로운 기억이라서 도리어 문득 떠오르고는 했다.

두 번 다시 만날 수 없다. 그로서도 만나지 않는 게 낫다 생각하며 괴로운 기억을 묻었다.

오늘, 이날에 이르기까지는…….

하지만, 그래도…….

【 제 1 장 】 ❈ 이동

크레이아 남쪽으로 이어지는 가도.

"복수하는 사람은 복수하게 만든 사람에게. 복수하게 만든 사람은 복수하는 사람에게. 사람의 업이란 참으로 고통스럽지요. 그렇지 않습니까? **리오 씨**."

레이스는 그 말을 남기고 리오와 몇 마디를 나누더니 숲속으로 사라졌다. 리오는 험악한 표정으로 그 뒷모습과 숲을 노려보았다.

"……."

크리스티나는 멍하니 리오의 등을 바라보았다. 세리아와 사라, 오피아, 아르마도 마찬가지였다.

십여 초가 흐르고 주위에 정적이 감돌았다. 모두 마른침을 삼켰다.

"가죠."

제일 먼저 침묵을 깬 사람은 리오였다.

바람의 정령술로 몰래 탐지하니 레이스는 숲속으로 돌아가서 어딘가로 날아갔다. 리오는 다른 적이 없는지 확인하고 뒤돌아 일행에게 제안했다.

"……?"

예상하지 못한 말에 모두 당황했다.

"저자 말이 맞아요. 여기서 우물쭈물하면 추적자가 올

수도 있어요. 도시에도 미노타우로스의 포효가 들렸을 테니 무슨 일이 일어난 줄 알 겁니다. 이 가도도 사용하기 위험하니까 이리 오세요."

리오는 레이스가 실명을 부른 것은 깨끗하게 무시하고 간단하게 사태가 시급을 요한다고 설명했다. 그리고 남쪽으로 이어지는 가도 왼쪽, 동쪽으로 펼쳐진 숲으로 걸어갔다. 레이스가 사라진 방향과는 반대쪽이었다. 미묘한 분위기가 감돌았다.

"갑시다." "응." "네."

인간으로 변장한 은늑대 수인 사라가 솔선해서 리오 뒤를 쫓았다. 마찬가지로 인간 모습을 한 하이엘프 오피아와 엘더드워프 아르마도 따라갔다.

"확실히 이곳에서 이야기할 시간은 없어 보입니다. 가시죠."

호위기사 바네사가 크리스티나에게 말했다.

"응……."

크리스티나는 고개를 끄덕이고 망설이며 발을 뗐다. 세리아가 안도 섞인 한숨을 작게 내쉬고 뒤따라갔다.

코우타와 레이도 얼굴을 마주 보더니 일행의 뒤를 따랐다.

「아이시아, 듣고 있어?」

뒤에서 그러는 동안, 리오가 아까 전투에 참여하지 않은 아이시아에게 염화를 보냈다.

「응.」

바로 대답이 돌아왔다.

「지금 어디 있어?」

「아슬아슬하게 염화가 닿을 거리. 바위 집 안전은 확인했어.」

「역시 아이시아야. 고마워.」

리오는 살짝 웃으며 감사를 표했다. 미노타우로스의 등장에 사라 일행과 다르게 움직이기로 하고 바위 집으로 간 모양이었다.

지금 바위 집에는 미하루와 라티파만 있으니 바로 안전을 확인하러 가 주어서 정말 다행이었다.

「이제 어쩔까?」

아이시아가 지시를 청했다.

「미하루 씨와 라티파를 지켜줄 수 있어? 매일 해가 지기 전에 너무 가깝지 않게만 우리를 따라오면 돼. 남쪽 가도를 우회하는 루트는 포기하고 동쪽 가도로 로다니아에 갈 거야.」

주변 정찰과 감시도 부탁하고 싶지만, 레이스가 있으니 바위 집을 무방비하게 두고 싶지 않았고 만일의 사태에 대비해 안전을 최우선하기로 했다. 오피아가 가져온 예비 시공의 장도 있으니 이동은 문제없었다.

「알았어.」

「앞으로 어지간히 긴급한 사태가 아닌 한은 로다니아에 도착할 때까지 접촉을 피할게. 그쪽에서 긴급사태가 발생하면 주변에 대량의 오드와 마나를 퍼뜨려. 바로 달려갈게.」

「응.」

「나중에 봐.」

염화를 끊었다.

사라 일행에게도 자세히 말해야겠다.

"왜 그래? 하루토."

그때, ``숲에 들어간 리오를 제일 먼저`` 쫓아온 세리아가
말을 걸었다.

"모처럼 마물이 땅을 어지럽혀놓았으니 추적자가 발자
국을 찾을 수 없게 이용해보려고요."

리오가 수많은 마물에게 짓밟힌 숲을 둘러보고 제안했다.

"나무 위로 이동해서 여기서 발자국을 끊어놓죠."

앞으로 십중팔구 소란을 들은 부대가 조사하러 올 텐데
가장 눈에 띄고 정보가 많은 흔적이 발자국이었다. 마물이
짓밟은 지면에서 다르게 생긴 사람 발자국을 발견하면 유
력한 단서로 보고 따라올 것이 자명했다.

여기서 발자국을 끊어 추적자에게 어떤 정보도 주지 않
고 조사 시간을 오래 끌어서 발을 묶을 생각이었다. 그들
이 반대쪽에 서 있던 레이스의 발자국을 발견한다면 그쪽
으로 인원을 분배할 수도 있었다.

"나무 위를……?"

대체 어떻게? 라는 눈으로 크리스티나, 바네사, 코우타,
레이가 머리 위를 쳐다보았다.

나무 위를 건너 이동하면 전투 흔적만 남고 그들이 있던 흔적은 없어지지만, 숲속의 나무는 높이가 10미터 가까이 됐다.

기사라서 운동신경이 뛰어난 바네사라면 몰라도 다른 사람들은 나무를 타고 올라가는 것도 고생이고 제법 간격이 있는 나무 사이를 뛰어다니기도 쉽지 않았다. 우물쭈물 나무를 기어오르는 동안, 추적자가 올 수도 있었다.

"안을게요. 코우타 씨와 레이 씨는 제가. 다른 세 분은······ 여러분에게 맡겨도 될까요?"

리오가 짤막하게 방법을 제시하고 사라 일행에게 부탁했다.

"네······!"

사라 일행은 얼굴을 마주보고 좋아라 고개를 끄덕였다.

"그럼 바로 코우타 씨를 안을 테니까 레이 씨는 제 등에 업히세요. 안겠습니다."

리오가 코우타를 안아들었다. 마치 공주님처럼.

"어? 잠깐······."

코우타는 허락 없이 자신을 안아든 리오 품에 안겨 얼어붙었다.

"레이 씨도 어서요. 떨어지지 않게 꼭 잡으세요."

리오가 레이를 재촉했다.

"아······ 네. 실례하겠습니다."

쓸데없는 이야기를 할 시간은 없다고 생각했는지 레이

가 순순히 고개를 끄덕이고 리오 등에 업혔다.

——오, 오오……. 몸 장난 아닌데.

남자 둘을 각각 품에 안고 등에 업고도 끄떡없는 리오를 보고 레이는 남몰래 감동했다.

"세리아 씨는 제가 옮길게요. 사라 언니와 오피아 언니는 저 두 분을 맡으세요."

아르마가 세리아에게 다가갔다.

"잘 부탁해, 아르마."

세리아가 익숙한 미소를 지으며 말했다.

"아까 전투를 보셨으니 아시겠지만, 이 아이들도 하루토와 같은 마검 소유자라서 강력한 신체강화를 할 수 있습니다. 무척 믿음직한 아이들이니 안심하고 맡겨보세요."

세리아가 아직 서로 통성명도 하지 않은 사라 일행에게 몸을 맡겨야 한다는 경계심을 풀기 위해 크리스티나와 바네사에게 말했다.

"알겠습니다. 부탁드립니다."

크리스티나는 꾸벅 고개를 숙이고 사라와 오피아에게 부탁했다.

"네. 그러면 제가 검사님을 맡겠습니다. 오피아는 저 분을 옮기세요."

"응, 알았어."

사라는 바네사를 맡고 오피아가 크리스티나를 옮기기로 했다.

"부탁한다."

바네사가 사라에게 고개를 숙였다. "그럼 실례하겠습니다"라며 운을 떼고 사라 일행이 각자 맡은 사람을 끌어안았다.

"가죠. 제가 앞장설 테니 따라오세요."

"네!"

드디어 출발했다. 먼저 코우타와 레이를 안은 리오가 크게 도약해 머리 위에 있는 적당한 나뭇가지에 가볍게 착지했다.

"대, 대단해……."

"신체능력이 굉장한 줄은 알았지만, 진짜 엄청 놀랐어."

코우타와 레이를 합쳐 족히 120킬로그램은 됐다. 그런데도 마치 중력이 느껴지지 않는 리오의 점프를 체감한 두 사람이 놀라서 중얼거렸다.

"잘못하면 혀를 깨물 테니 대화는 최소한으로 해주세요."

리오는 바로 다음 나무로 뛰었다. 사라 일행도 두꺼운 나뭇가지로 도약해 리오를 쫓았다. 그들은 가볍게 숲속으로 진입해 순식간에 전투가 벌어진 지점을 떠났다.

리오의 계획대로 현장에는 가도와 그 일대 숲에 대규모 전투가 벌어진 흔적만 남았다. 몇 분 뒤, 알프레드와 루이를 포함한 크레이아 주둔부대가 소란을 알아차리고 현장에 도착했다.

◇ ◇ ◇

　리오 일행이 전투지점을 떠난 지 십여 분이 지났다. 전투는 남쪽 가도에서 벌어졌지만, 잠깐 사이 동쪽 가도 멀리까지 이동했다.

　'거리는 제법 벌렸는데…….'

　크레이아에서 멀어지면 멀어질수록 수색우선도가 높은 범위에서 멀어져 상대의 허를 찌를 수 있으니 욕심대로라면 거리를 좀 더 벌리고 싶었다.

　다만, 신체능력강화 같은 신체강화는 발동을 유지하는데 상응하는 마력을 소비하기 때문에 연비가 나쁜 마법 혹은 마술로 알려졌다. 수십 분 지속하면 오래 유지한 정도였다.

　물론 리오와 사라 일행은 인간족에 비하면 말도 안 되는 마력을 보유해서 아직 얼마든지 유지할 수 있었지만, 크리스티나와 바네사가 있으니 연속으로 너무 오래 사용하면 부자연스러워 보일 터였다.

　'일단 쉴까. 세 사람에게 상황 설명도 해야 하고.'

　리오는 속도를 늦추고 가볍게 숲에 착지했다. 뒤에서 따라오던 일행도 속도를 늦추고 리오 옆에 착지했다.

　"여기라면 한동안은 안전할 겁니다. 여러모로 불의의 사태가 벌어졌으니 현재 상황과 앞으로 어떻게 할지 예정을 짧게 공유하죠."

리오가 코우타와 레이를 바닥에 내려주고 제안했다.

"하지만……."

세리아가 사람들의 안색을 살피며 조심스럽게 입을 열었다. 레이스가 사라지며 리오를 실명으로 부른 것이 떨쳐지지 않은 모양이었다.

여기까지 오는 동안 대화도 나누지 않았고 자기소개도 안 해서 그런지 불편한 분위기가 감돌았다.

"그러고 보니 서로 자기소개를 안 했군요. 먼저 소개부터 할까요?"

리오는 실명을 불린 일을 자발적으로 꺼낼 생각은 없는지 태연하게 다른 이야기를 꺼냈다.

"저는 사라, 이 아이는 오피아, 그 아이는 아르마라고 합니다. 처음 뵙겠습니다."

리오의 생각을 읽었는지 사라가 대표로 이름을 말하자 오피아와 아르마가 꾸벅 머리를 숙였다.

"하루토 씨와는 어떻게 되세요?"

코우타의 선배인 레이가 손을 들고 질문했다.

"어떻게 되냐면…… 슈트랄 지방 변두리에 있는 소수민족 아가씨라고 해야 하나, 전사라고 해야 하나…… 어쩌다 친해져서 친하게 지내고 있어요."

리오가 무난한 범위에서 사라 일행의 출신을 그럴싸하게 설명했다.

"지금은 사회공부 겸 하루토 씨와 함께 여행 중이에요."

오피아가 보충했다. 거짓말은 아니었다.

"그렇군요. 여러분 진짜 귀여우시네요. 아니, 정말로……."

레이가 호기심을 보이며 넋이 나가 사라 일행을 둘러보았다.

"네에…… 감사합니다."

인사치레로 들었는지 사라가 꾸벅 인사했다.

"선배. 이런 상황에 쓸데없는 말 하지 마세요."

코우타가 팔꿈치로 레이의 팔을 꾹 찔렀다.

"하하하…… 그렇지, 참. 아, 실례했습니다. 저는 레이 사이키예요. 이 녀석은 제 후배인 코우타 무라쿠모입니다. 잘 부탁드립니다."

기분 탓인지 레이가 공손한 말투로 자기소개를 했다.

"안녕하세요, 코우타라고 합니다."

코우타는 조금 낯을 가리는지 어색하게 머리를 숙였다.

"벨트람 왕국 제1 왕녀 크리스티나입니다. 위험에서 구해주셔서 감사합니다."

일본에서 온 전이자들이 자기소개를 마치자 크리스티나가 마음을 가라앉히려는 듯 한숨을 내쉬고 자기소개를 했다.

"크리스티나 님의 호위기사인 바네사 에마르입니다. 전하를 구해주셔서 진심으로 감사드립니다."

바네사가 정중히 감사를 표했다.

"1왕녀님이시군요……. 저희는 하루토 씨와 세리아 씨를 도우려고 개입했으니 인사는 두 분께 해주세요."

사실은 아이시아에게 미리 대강의 설명을 들어서 제1 왕녀인 크리스티나가 있는 것도 알았지만, 사라 일행은 지금 안 것처럼 놀란 척했다.

　"지금은 어떤 상황이죠? 도시에 소란이 벌어지고 병사에게 쫓긴 것까지는 파악했는데요."

　아르마가 물었다. 아이시아를 통해 지하실에 있던 리오와 정보를 주고받으며 탈출까지 지원한 사실을 밝힐 수는 없으니 모른 척하겠다고 리오와 세리아에게 넌지시 알렸다.

　"전하."

　리오가 크리스티나에게 말했다.

　"네……? 아, 네."

　크리스티나가 놀랐는지 몸을 움찔하며 대답했다.

　"기분이 안 좋으십니까?"

　리오가 크리스티나를 물끄러미 보며 물었다.

　"아, 아뇨, 그렇지는 않습니다."

　기분 탓인지 크리스티나가 무언가 켕기는 듯 시선을 피했다.

　"그렇다면 다행입니다. 이들에게 사정을 설명해도 될까요? 절대 다른 데 누설할 사람들은 아닙니다."

　리오는 사라 일행을 보며 정보 공유 허가를 청했다.

　"네……."

　크리스티나는 딱딱하게 고개를 끄덕였다. 이 상황에는 수긍할 수밖에 없기 때문인지 아니면…….

"그럼 간단하게 상황을 설명하겠습니다. 우선 저택에 몰래 들어가 아버님을 만나고 싶다는 세리아…… 님의 당초 목적은 달성했습니다."

선생님이라고 부를 수는 없지만, 세리아 님이라고 부르기도 익숙하지 않아서 묘한 틈이 생겼다.

"……."

세리아 님이라 불려서 낯간지러운지 세리아가 할 말 많은 표정을 지었다. 실제로 대화에 끼어들지는 않았지만.

"문제는 몰래 들어간 지하실에 전하가 숨어계셨단 겁니다. 왕도에서 벌어진 정쟁 때문에 귀족의 병사에게서 도망치고 계셨죠."

리오가 짧게 사정을 밝혔다.

"그렇군요. 하루토 씨와 세리아 씨는 로다니아로 가실 겁니까?"

사라가 추임새를 넣으며 물었다.

"네. 호송하기로 했습니다."

리오가 고개를 끄덕이고 조금 어두운 표정으로 한숨을 내쉬었다.

"그럼 미력하나마 저희도 함께하겠습니다."

사라 일행이 이렇게 말할 줄 알았기 때문이었다.

솔직히 더할 나위 없이 든든했다. 아무리 리오라 해도 호위대상이 늘어나면 허점이 생긴다.

물론 최우선 호위대상은 세리아지만, 희생자가 나와서

세리아가 슬퍼하는 모습은 보고 싶지 않았다. 그 때문에라도 크리스티나 일행을 건성으로 호위해서는 안 됐다. 사라 일행이 힘을 빌려준다면 큰 도움이 될 터였다.

"일국의 군대에 쫓기는 위험한 여행이 될 거예요."

리오는 바로 이 점을 걱정했다. 사회공부 삼아 마을 바깥세상을 보러 나온 사라 일행을 이렇게 위험하고 귀찮은 일에 휘말리게 해도 될까?

호위대상이 세리아뿐이면 정령술을 숨기지 않아도 되니 날아서 도망치면 된다.

하지만 크리스티나 일행이 있으니 그럴 수 없었다. 머리카락 색을 바꾸는 마도구를 빌려주는 것과는 차원이 달랐다. 어지간한 긴급사태가 아닌 한은 슈트랄 지방의 상식을 벗어나지 않는 방법으로 도망쳐야 했다.

육로, 즉 도보 이동이 기본이었다. 인간 범주를 벗어난 마력으로 온종일 세리아 일행을 안고 달릴 수는 없는 노릇이었다.

"섭섭합니다. 저희가 나 몰라라 하고 하루토 씨와 세리아 씨만 위험한 여행을 떠나보낼 리 없잖아요."

사라가 조금 어이없어하며 말했다.

"사라 말이 맞아요."

오피아가 힘차게 고개를 끄덕이며 동의했다.

"그리고 호위하려면 사람이 어느 정도 있는 편이 좋잖아요? **그래서 우리가 온 거라고요**."

아이시아 님이 아닌 우리가……. 아르마가 리오만 알아들을 수 있게 말했다.

아무리 아이시아가 리오에 필적할 만큼 강하고 혼자서 여러 가지 일을 해내도 실체화할 수 있는 몸이 하나이니 한 번에 할 수 있는 일이 한정됐다. 만약 아이시아에게 호위를 맡기더라도 실체화하는 것보다는 영체화해서 주변 경계를 부탁하는 게 더 적절했다.

사라 일행은 자기가 직접 호위대상을 곁에서 지키며 계약정령에게 주변을 경계하게 시킬 수 있었다.

그래서 이번에 한해서는 아이시아보다 사라 일행이 더 큰 도움이 됐다. 이것을 알고서 그들은 호위를 자처하며 세리아를 구하러 달려왔다.

"알겠어요. 그럼 부탁드리겠습니다. 감사합니다."

나중에 반드시 갚을게요. 리오는 스스로 타협하고 순순히 사라 일행에게 기대기로 했다.

"정말 고마워, 얘들아."

세리아가 사라 일행에게 깊게 머리를 숙였다.

"섭섭하게 그런 말 마세요."

"네, 맡겨주세요."

"열심히 할게요!"

사라, 아르마, 오피아가 자랑스럽게 가슴을 펼치며 말했다. 리오는 부드럽게 미소 지었다.

"호위인원이 늘었습니다, 전하. 모두 숙련된 전사인데

괜찮을까요?"

리오가 크리스티나를 보며 물었다.

"물론입니다. 대화를 들어보니 세 분이 믿음직한 훌륭한 인격자이며 아마카와 경과 세리아 선생님의 특별한 분이라는 것을 알겠습니다. 잘 부탁드립니다. 감사합니다."

크리스티나의 눈이 잠깐 흔들렸지만, 그녀는 사라 일행에게 경의를 표했다.

"여행 동료도 늘었으니 앞으로의 예정경로와 주의해야 할 적의 전력을 다시 검토해볼까요?"

리오는 품에서 세리아의 아버지에게 받은 주변 가도를 그린 지도를 꺼내 바닥에 펼쳤다. 일행의 시선이 지도에 쏠렸다.

"목적지인 로다니아는 여기, 크레이아는 여기. 당초 예정대로는 크레이아 남쪽 가도를 빙 돌아 북동쪽에 있는 로다니아로 갈 예정이었습니다만, 소란이 커지는 바람에 남쪽 가도를 쓰기 힘들어졌어요. 지금은 숲을 가로질러 동쪽 가도로 가는 중입니다."

리오는 손가락으로 직선을 그어 숲을 끼고 있는 남쪽 가도와 동쪽 가도를 이었다.

"앞으로는 동쪽 가도를 쓴다고? 최단거리로 로다니아로 가려면 이 루트가 적당하다만……."

바네사가 지도를 응시하며 흠 소리를 내고 로다니아로 가는 최단루트를 그렸다.

"동쪽 가도를 이용하면 그렇습니다. 하지만 최단거리로 로다니아로 가는 가도는 당연히 엄중하게 경비할 거예요. 그러니 북쪽으로 방향을 바꾸는 지점에서 일부러 동쪽으로 더 가기로 했습니다."

리오는 바네사가 그린 선을 중간까지 따라 그리다 다른 가도를 골라 손끝을 움직였다.

"그러면 가르아크 왕국으로 가는데……."

"괜찮습니다. 저쪽도 군대로 타국의 영역을 침범하지는 않을 테니까요."

실제로 국경선을 긋지는 않아서 영역이 명확하지 않은 무인지대가 있는데 사람이 오가는 가도에 일정한 위치 이후부터는 자국 영역임을 뜻하는 요새를 겸한 관문을 설치하는 것이 관례였다(그래서 가도를 사용하지 않으면 관문을 통과하지 않고 국경을 건널 수 있다. 그러나 길이 아닌 곳으로 가면 조난되거나 마물이나 사나운 짐승을 만날 위험이 몹시 커져서 보통은 가도로 다닌다).

타국 국경선에 있는 관문이나 성채도시에 군대를 이끌고 접근하면 명확한 침략행위로 간주할 테니 샤를도 추적을 중단하지 않을 수 없을 것이다.

"그런 거라면 알겠다."

바네사가 이해하고 고개를 끄덕였다.

"그리고 이 루트는 크레티아 공작령에 들르니 아망드로 가서 리제롯테 씨에게 의지하는 것도 한 방법일 수도 있습니다. 어쩌면 마도선으로 로다니아까지 호송해줄지도 몰라요. 믿을 수 있는 인물이라고 보장합니다만, 실제로 어떻게 할지 판단은 전하가 내려주십시오."

리오가 크리스티나의 얼굴을 보며 말했다. 가르아크 왕국이 로다니아에 거점을 둔 레스토라시온과 동맹을 체결했으니 문제없이 협조를 얻을 수 있다는 확증이 있어서 추천했다. 리제롯테의 인품도 잘 아니 믿을 수 있었다.

"그분이 협조해주시면 무척 든든하겠군요. 바라마지 않습니다."

크리스티나가 말했다. 매력적인 계획이라 바로 결정을 내리긴 했지만, 크리스티나는 리제롯테와 개인적인 친분이 없었다. 인품도 모르는 타국 귀족에게 기대는 것은 몹시 위험한 일이라 리오가 없었으면 살피지 않았을 선택지였다.

"그러면 당장은 로다니아가 아닌 아망드로 가는 걸로 하죠. 이번에는 아는 선에서 수색대의 눈에 띄는 전력을 확인해볼까요?"

리오가 추적부대 특기전력을 언급했다.

"그리핀을 타고 상공에서 탐색하는 공수부대가 제일 까다로워요. 들키기라도 하면 이 인원으로는 뿌리치기 어려우니 싸워 이기는 수밖에 없습니다. 그보다 왕의 검인 알프레드 에마르 경과 용사인 루이 씨가 더 까다롭겠군요. 정면으로 붙으면 격전이 벌어질 겁니다."

리오는 가장 주의해야 할 존재로 알프레드와 루이를 꺼냈다.

"오라버니가…… 크리스티나 님 수색에 참가했나?"

"루이가 온다고요?!"

알프레드의 동생인 바네사와 루이의 친구인 코우타가 리오의 말을 듣고 놀랐다. 둘이 제일 먼저 반응했다.

"네, 여러분을 따라갈 때 잠깐 싸웠어요. 멀리서 루이 씨의 화살을 견제한 정도지만요."

실제로는 견제가 아니라 행동불가를 노린 저격이었지만, 세리아가 걱정할까 봐 완만하게 표현했다.

"……"

바네사와 코우타의 얼굴이 벌레라도 씹은 듯 어두워졌다. 두 사람의 알프레드와 루이를 향한 복잡한 마음이 엿보였다.

"그리고 한 명 더. 아까 나타난 레이스라는 남자도 주의해야겠죠. 직접 본 건 아니지만, 상황을 따져보면 그자는 전하의 목숨을 노리고 공격했을 겁니다. 레이스라는 이름에 짐작 가는 건 있으십니까?"

리오가 먼저 짚고 가야할 화제를 꺼내고 크리스티나에게 물었다.

"레이스 볼프라는 이름의 프로키시아 제국 대사가 샤를과 친하다는 소문은 들은 적 있습니다. 하지만 얼굴은 못봐서 동일인물인지는……"

크리스티나가 입가에 손을 대고 기억을 더듬으며 말했다.

"유그노 공작도 예전에 같은 말씀을 하셨습니다. 프로키시아 제국의 대사인 레이스라는 인물이 샤를과 내통하고 있다고요."

리오가 예전에 아망드에서 유그노 공작에게 들은 말을 꺼냈다.

"우리 앞에 나타난 그 남자는 천상의 사자단 소속이라고 했는데 프로키시아 제국 대사와 동일인물이라면 공주님의 목숨을 노린 것도 이해는 간다. 송구하지만, 공주님은 그 나라에 방해되는 인물이니까."

바네사가 부글부글 화가 난 기색으로 말했다.

"전하의 목숨을 노린 동기는 제쳐놓고 그놈이 용병단으로 알려진 천상의 사자단과 연관된 건 사실이 분명해요."

리오가 단언했다.

"그런가?"

"네. 예전에 천상의 사자단 단장인 루시우스 오르귀와 같이 있는 걸 봤습니다. 루시우스는 벨트람 왕국의 옛 귀족이었고 아망드에서 플로라 님을 유괴하려고 한 남자입니다."

"뭐……."

바네사는 할 말을 잃었다. 플로라가 유괴됐었다는 이야기를 연회에서 듣기는 했지만, 자세히 물어보지는 못 했을 것이었다. 크리스티나도 굳은 얼굴로 숨을 삼켰다.

"플로라 왕녀님의 유괴를 계획하고 크리스티나 왕녀님 암살도 시도했습니다. 용병단이니 뒤에 고용주가 있다고 생각하는 게 자연스럽지만, 레이스와 천상의 사자단이 전하 자매를 표적으로 삼은 것은 분명해요. 모르는 점이 많지만, 강한 자인 것은 틀림없습니다. 앞으로도 얽힐지 모르니 이 남자도 주의해야 해요."

리오가 레이스의 위험성을 강조했다.

"그 자식……"

바네사가 이를 악물며 화를 냈다.

'플로라 왕녀는 유괴하고 크리스티나 왕녀는 죽이려고 한 게 신경 쓰여. 그리고 왜 일부러 그 자리에 모습을 드러낸 거지? 크리스티나 왕녀를 노린다고 일부러 알려주려는 듯이.'

리오는 냉정하게 생각했지만, 의문에 답을 내리기에는 정보가 부족했다. 지금 생각해도 답이 나올 문제가 아니었다.

"급한 정보는 확인했으니 슬슬 가죠. 다른 분들 옮기는 걸 조금만 더 부탁해도 될까요? 오늘 내로 크레이아를 벗어나고 싶으니 조금 무리해서라도 신체강화를 하고 갈 수 있는 데까지 가보죠."

리오가 다시 움직이자고 했다.

"네, 맡겨주세요!"

사라가 힘차게 대답하고 오피아와 아르마는 고개를 끄덕였다. 일행은 다시 출발했다.

◇ ◇ ◇

한편, 시간을 조금 거슬러 올라간다. 크레이아 남쪽으로
뻗은 가도, 사라 일행이 미노타우로스와 싸운 곳.

"이, 이게 뭐냐?! 여기서 대체 무슨 일이 있었던 거지?!"

증원부대를 끌고 현장에 도착한 샤를 아르보는 엄청난
전투흔적을 보고 놀라서 소리 질렀다. 가도는 움푹 파이고
주변 나무는 온통 꺾인 참상이 펼쳐졌다.

"글쎄. 격렬한 전투가 벌어진 건 분명해 보이는데."

동행한 알프레드 에마르가 대답하며 눈에 띄는 단서를
찾기 위해 예리한 눈빛으로 일대를 둘러봤다.

'사람의 것이라 볼 수 없는 크기의 이족보행 생물의 발자
국. 숲에는 상당수의 생물이 짓밟은 발자국과 거대한 질량
에 의해 뿌리부터 꺾인 나무. 마석이 있으니 마물이 나타
났나. 크기와 발자국을 보니 미노타우로스 같군. 최근 들
어 목격사례가 늘고 있다던데…….'

빠르게 흔적을 발견하고 무슨 일이 벌어졌는지 추측했다.

"야, 야, 알프레드! 왜 멍 때리고 있어?! 여기서 무슨 일
이 벌어졌는지 조사해!"

놀라서 멍해 있던 건 샤를이지만, 급히 정신을 차리고
주위를 두리번거리는 알프레드를 질책했다.

"여기서 전투가 벌어졌다."

"그, 그딴 건 누가 봐도 알아!"

"끝까지 들어. 마물이 공격한 것 같다. 숲 양쪽에서 마물로 보이는 발자국이 무수히 있어. 그리고 가도가 꺼질 만큼 거대한 발자국을 보면 미노타우로스도 섞여있던 모양이야. 그것도 두 마리. 우리가 크레이아에서 들은 포효도 이 녀석들이 낸 거겠지."

알프레드가 한숨을 내쉬며 말했다.

"뭐…… 마, 말도 안 돼! 그 마물들은 어디로 갔는데?!"

샤를이 허둥대며 소리 질렀다.

"저기 굴러다니는 마석을 봐. 우리가 오는 그 잠깐 사이에 쓰러뜨렸을 거다."

"그것도 말이 안 돼! 아무리 못 해도 기사와 마도사를 소대 규모로 모으지 않는 한은!"

"실제로 대량의 마물을 쓰러뜨렸잖아. 해치운 건 네 부대를 이긴 수상한 남자겠지. 생각보다 실력이 대단하군."

"윽, 그 천박한 남자가……."

자기 부대가 리오에게 호되게 당한 것이 생각났는지 샤를이 오만상을 찌푸렸다. 아까 리오는 단검 두 자루로 싸웠는데 기사는 단검이라는 무기를 얕잡아 보는 경향이 있었다.

게다가 펄쩍 뛰고 발기술도 빈번하게 쓰는 등 유서 깊고 예절 갖춘 정파 검술을 익힌 샤를에게는 천박하기 그지없는 전투방식이었다. 거기에 아까 꼼짝없이 당해서 그런지 리오의 힘을 순순히 인정하기 억울했다.

'단검 두 자루…….'

그 말에 알프레드는 생각에 잠겼다.

"그의 몸놀림은 야만스럽지도, 천박하지도 않습니다. 공격을 간파하고 최소한으로 움직여 대처하는 완벽하게 다듬어진 몸놀림이었습니다."

루이가 숲속에서 나오며 대화에 끼어들어 리오를 높게 평가했다.

"루, 루이 님……. 혼자서 숲에 들어가시면 위험합니다."

아무리 샤를이래도 용사인 루이에게는 함부로 말할 수 없는지 화를 억누르고 루이에게 말했다.

"양쪽 숲에 마물과 다른, 사람 발자국으로 보이는 흔적이 하나 있었어요. 숲속으로 쭉 이어지더군요."

루이가 보고했다. 레이스가 남긴 발자국이었다.

"뭣, 정말입니까?! 그 녀석의 발자국이 틀림없겠군요!"

샤를이 리오의 발자국이라 단정했다.

"그건 모르는 일이죠. 발자국은 숲속에서 나와 숲속으로 돌아갔으니까요. 만약 그 사람 것이 맞더라도 추적당할 수도 있는 상황에서 일부러 가도로 나와 마물과 싸운 이유를 모르겠군요."

루이가 날카로운 관찰력과 분석력을 발휘했다.

"으, 으음. 그러면 그건 대체 누구의……."

샤를은 할 말을 잃고 끙끙 앓았다.

"모르죠. 그런데 발자국이 고의적이라고 해야 하나, 부자연스럽습니다. 보폭을 보니 달린 것도 아니고 숲속으로 들어가서 하늘로 날아간 것처럼 깨끗하게 끊겼어요. 어쩌면 우리를 교란시키려는 위장일 수도 있습니다."

루이가 입가에 손을 대고 추리했다.

"싸워야만 하는 상황에 내몰려서 마물을 섬멸한 게 분명해. 샤를의 기사 1개 분대를 쉽게 이겼으니 적당히 상대하다 도망칠 수 있었을 거다. 혼자라면 말이야."

알프레드가 간접적으로 말했다.

"그런가, 알았다! 그놈은 크리스티나 왕녀 전하를 지키기 위해 마물과 싸운 거다! 발자국은 위장이야! 마물을 처치하고 당당하게 남쪽 가도로 간 게 분명해! 가도에는 당연히 발자국이 있으니 숨길 필요도 없지. 당장 남쪽 가도로 사람을 보내야겠어!"

샤를이 의기양양하게 결론을 내리고 부하에게 지시하려고 했다. 그들이 이곳에 도착하기 전, 리오가 떠나기 전까지 무엇을 했는지 추측하니 이야기가 제법 괜찮게 풀렸다.

"잠깐. 그런 인물이 크리스티나 님을 호위한다는 정보는 듣지 못 했다. 만약 그렇더라도 그 연유를 몰라."

알프레드가 샤를을 말렸다.

"크렐 백작이 고용한 모험가겠지!"

"지휘관이면서 가볍게 결단 내리지 마. 크렐 백작이 전하 실종에 관여했다는 증거는 없다. 북쪽 가도로 크리스티나 님 일행으로 보이는 4인조가 도망쳤다는 목격정보가 있어. 네 분대를 이긴 남자가 전하의 도주와 무관할 가능성도 있다고."

"그, 그러면 북쪽과 남쪽이다! 양쪽 가도로 인원을 중점적으로 분배해!"

"동쪽 가도를 내버려두는 것도 좋은 생각은 아닌데……."

"꼬치꼬치 시끄러워! 로던 후작령 근처에 있는 성채도시에 내 부하의 부대가 주둔 중이다. 그 녀석에게 전령을 보내 동쪽 가도 루트를 살피게 하지! 동쪽에는 최소한의 추적부대를 파견한다. 최종적으로 로다니아로 통하는 국내 가도는 두 개뿐이니 그곳에도 인원을 대기시켜. 이제 불만 없겠지."

알프레드의 간언 때문인지 샤를이 흥 콧방귀를 뀌고 우선순위를 세워 인원을 분배했다. 일단 의견에 귀 기울이는 것을 보니 뭐가 어쨌든 알프레드의 능력은 높게 사는 모양이었다.

"그래. 그럼 전체 지휘는 맡기마. 나는 근처를 더 조사해보지."

알프레드가 순순히 고개를 끄덕이고 말했다.

"그럼 미흡하나마 저도."

루이가 협조를 제안했다.

"알겠습니다. 야, 알프레드. 루이 님 털끝 하나도 다치시게 하지 마라."

샤를이 조금 불만스러워하면서도 고개를 끄덕이고 알프레드에게 못을 박았다.

◇ ◇ ◇

리오 일행이 숲속에서 이야기를 나누고 다시 출발한 지한 시간이 지났다. 잠시도 쉬지 않고 눈길이 닿지 않는 숲과 광야를 골라서 달리며 동쪽으로 전진했다.

"이제 쉴까요?"

쉬지 않으면 사람이 맞나 의심할 선에서 리오가 쉬자고 제안했다. 마침 쉬기 좋은 샘을 찾았다.

"신체강화를 사, 상당히 오래 유지하는군. 괜찮나?"

그러나 이미 늦었다. 바네사가 바닥에 내려와 눈을 크게 뜨고 자기를 안고 이동한 사라에게 물었다.

"네, 마검 신체강화는 체력도 강화돼서 괜찮습니다. 적당히 운동이 됐습니다."

사라가 비교적 태연한 얼굴로 대답했다.

"체력……도 그렇지만, 마력은 괜찮나?"

바네사가 놀라워하며 마력 잔량을 걱정했다. 바닥날 때까지 써도 생명이 위험하지는 않지만, 마력이 회복될 때까지 상당한 권태감에 시달려야해서 걱정되는 모양이었다.

바닥난 마력은 3일 뒤에 자연스레 회복되지만, 마력을 담은 마석이나 정령석에서 마력을 흡수해 회복할 수도 있었다.

"네, 네. 간신히."

사라가 어색하게 고개를 끄덕였다. 사실은 아직 마력이 여유롭다고 말할 수도 없는 노릇이었다.

"세 분은 마검을 맡을 정도로 뛰어난 전사라서 마력량도 상당해요. 하지만 마력을 회복해야 하니 슬슬 절약하는 게 좋겠죠? 마력 회복할 때 쓰는 마석도 없으니까요."

리오는 불신감을 주지 않게 사라 일행의 마력이 한계에 가까워졌다고 암시했다.

"마검을 쓰는 데도 재능이 필요하다는 이유를 알겠군."

바네사가 메마른 미소를 지었다.

"이번 휴식이 끝나면 걸어서 이동하죠. 덕분에 추적부대의 수색범위를 벗어날 만큼은 거리를 벌렸을 거예요."

사람이 하루에 이동할 수 있는 거리는 정비된 길을 걷는 조건으로 20킬로미터부터 30킬로미터라고 한다. 물론 길이라 할 수 없는 곳이나 걷기 힘든 길을 지날 때는 이동거리가 더 줄어든다.

리오 일행은 한 시간 만에 60킬로미터를 이동했다. 단순 계산으로 약 한 시간에 일반인이 가장 빠른 속도로 이틀에 걸쳐 걷는 거리를 돌파했다. 샤를 일행도 설마 한 시간 만에 거리를 이만큼 벌렸을 줄은 몰랐다. 실제로 이 주변은 수색권과 멀리 떨어져있었다.

"저 혼자서는 모두를 안아서 옮기지 못했겠지만, 세 분

이 있으면 이야기가 다르죠. 앞으로 3일 간격으로 신체강
화해서 이동하고 그 사이 이틀은 걸으며 마력을 회복하도
록 할까요?"

리오가 제안하며 사라 일행을 보았다.

"네, 문제없습니다."

사라 일행이 밝게 고개를 끄덕였다.

"필요한 이야기는 다 했네요. 세 분은 달리느라 몸에 열
이 올랐을 테니 씻으세요. 저는 그동안 주위를 경계하고
가도로 가는 최단루트를 찾아볼게요."

리오가 사라 일행에게 제안했다.

"하지만 그건 하루토 씨도 마찬가지잖아요."

체력은 여유로워도 몸은 후끈해서 땀이 났는지 사라 일
행은 리오의 제안이 마음에 든 모양이었다. 하지만 리오를
내버려두고 그들만 씻기는 불편했다.

"저는 나중에 해도 돼요."

리오의 말이 그들의 등을 떠밀었다.

"그러면……."

셋은 얼굴을 마주 보더니 고개를 끄덕였다.

몇 분 뒤.

리오가 주변을 경계하고 탐색하러 가자 사라 일행도 주

변에 마물이나 위험한 생물이 있는지 확인하고서 옆에 있는 샘으로 갔다.

"후우, 시원하다······."

샘물에 몸을 담그고 사라가 피곤함을 토하듯이 한숨을 내쉬었다.

"엄청 달렸지."

오피아도 샘에 몸을 담그며 후훗 웃었다.

"사람을 안고 이렇게 오래 달린 적은 처음이라, 좋은 훈련이 됐네요."

아르마가 편안한 표정으로 말했다. 지금은 거의 누운 채 샘에서 얼굴을 내밀고 머리 위를 올려다보았다.

"미안해. 관련 없는 너희만 고생을 시켜서."

세리아가 샘에 나타나 사라 일행에게 말을 걸었다. 사라 일행의 시선이 세리아를 향했다. 세리아 옆에는 크리스티나가 있었으나 바네사는 없었다.

"신경 쓰지 마십시오. 이 정도는 문제없습니다."

사라의 말에 오피아와 아르마가 "응" "응" 하고 고개를 끄덕였다.

"씻으러 왔습니까? 바네사 씨는······?"

사라가 세리아와 크리스티나에게 물었다.

"바네사는 만약을 위해 샘 주변에서 망을 보고 있습니다. 지금까지 호위기사다운 일을 못 했으니 하다못해 여러분이 쉬는 동안은 자기가 일하고 싶다더군요. 이렇게 순조롭게 이동할 수 있었던 건 여러분 덕분입니다. 지금은 보답할 수 없어 괴롭습니다만, 무사히 로다니아에 도착하면 어떻게든 보답하겠습니다."

크리스티나가 질문에 대답하고 깍듯이 인사했다.

"아닙니다. 보답은 신경 쓰지 마세요. 우리가 좋아서 하는 일이니 아무것도 안 하셔도 됩니다."

사라가 황급히 고개를 내저었다.

"하지만 그럴 수는……."

"으음……. 우리도 이건 하루토 씨에게 일상의 보답이라고 해야 하나, 은혜 갚기라고 해야 하나, 옛일의 사죄라고 할까요? 평소에는 기대주지 않는 하루토 씨를 위해 우리가 무언가 할 수 있는 몇 안 되는 기회입니다. 그러니까…… 그러니까? 으음."

사라는 크리스티나가 이해할 수 있게 자기 마음을 말로 설명하려 했으나 잘 안 되는지 끙끙댔다.

"하루토 씨에게 은혜 갚는 일환으로 하는 거니 결과적으로 다른 누군가를 위했더라도 보답 받을 생각은 없다는 거지?"

오피아가 대화에 끼어들어 사라가 하려던 말을 풀어줬다.

"네, 그겁니다!"

사라가 힘차게 고개를 끄덕이며 오피아를 가리켰다.

"그렇습니까……."

사라 일행이 시원스레 말하자 크리스티나는 눈앞이 번쩍한 것처럼 멍하니 눈을 깜빡였다.

가족애와는 달랐다. 충성심과는 달랐다. 타산과 욕망이 뒤섞인 궁정에서 태어나고 자란 크리스티나에게 사라 일행은 좀처럼 보기 힘든 종류의 사람들이었다.

이렇게 단순하고 고결하고 아름다운 마음가짐이란……. 하루토 아마카와라는 인물이 세리아를 위해 애쓰는 이유로도 보였다.

"크리스티나 님, 왜 그러세요?"

굳어버린 왕녀를 보고 세리아가 고개를 갸웃거리며 물었다.

"아뇨, 아무것도 아닙니다. 여러분이 아마카와 경을 얼마나 따르고 진심으로 존경하는지 조금이나마 알게 된 것 같습니다. 여러분이 이렇게까지 행동하시다니, 아마카와 경은 아주 훌륭한 인물이겠군요."

크리스티나가 훗 웃으며 말했다.

"우리는 몰라도 하루토 씨는 훌륭한 사람이에요. 정말로."

사라 일행의 목소리는 참으로 따뜻했다. 크리스티나의 얼굴에 복잡한 표정이 스쳤다.

"알겠습니다. 그렇다면 여러분의 고결한 마음을 모독할 수는 없지요. 하다못해 감사라도 표하게 해주세요. 여러분을 보고 배워 저도 조금이나마 고결해지고 싶습니다."

사라 일행에게 진심으로 경의를 표하며 가슴에 손을 대고 가볍게 머리를 숙였다.

"그렇게 말씀하시니 쑥스러운데요……."

사라가 낯간지러워 하며 아하하, 웃었다.

"모처럼 샘까지 왔으니 두 사람도 씻는 게 어때요?"

오피아가 방긋방긋 웃으며 제안했다.

"그래요. 우리는 벗었는데 두 사람만 옷을 입고 있으면 부끄럽다고요."

아르마도 고개를 끄덕이며 동의했다.

"나는 괜찮은데…… 크리스티나 님은 어떠세요?"

세리아가 크리스티나를 슬쩍 살피며 물었다.

"그럼 모처럼의 기회이니……. 지하실에서는 몸을 닦는 선에서 그쳤으니까요."

크리스티나가 권유를 받고 잠깐 생각하더니 수줍게 웃으며 고개를 끄덕였다. 이런 야외에서 씻을 기회도, 또래 소녀들과 함께 씻을 기회도 없어서 부끄러웠다.

"미용에 좋고 자연에도 좋은 비누가 있어요. 구멍을 파서 작게 욕조를 만들었으니 거기서 씻으세요."

아르마의 말에 옆을 보았다.

"더할 나위가 없군요."

크리스티나가 놀라서 눈을 크게 뜨더니 살짝 웃었다. 그렇게 다섯 명은 함께 씻었다.

한편, 세리아와 크리스티나가 씻기 시작하고 시간이 조

금 지났을 무렵, 샘과 조금 떨어진 곳에 코우타와 레이는 따분하게 일행을 기다리고 있었다.

"오오, 엄청난 미소녀들이 바로 저기서 씻고 있어……."

레이가 샘이 있는 방향에 자란 나무를 뚫어져라 보며 동경하는 마음을 담아 중얼거렸다. 후배인 코우타가 어이없다는 얼굴로 말했다.

"설마 같이 씻고 싶은 건 아니겠죠?"

"코우타는 남자면서 낭만을 몰라."

레이가 못 어울리겠다며 과장스럽게 고개를 가로저었다.

"낭만이라니…… 설마 엿보려고요?"

"그러고 싶어! 하지만 나는 목숨 아까운 줄 알아. 바로 저기서 미소녀들이 옷을 벗고 씻을 때, 남자라면 누구나 많은 생각을 할 거야. 망상 스킬을 써서."

"그런 스킬 없거든요. 그리고 하지 마세요. 그런 말을 하면 무슨 낯으로 얼굴을 봐요?"

"그렇다는 건 코우타도 망상 스킬이 있다는 거야."

"없다니까요!"

코우타가 얼굴을 붉히며 부정했다.

"순진한 녀석. 생각은 자유잖아. 사람에게는 사상과 양심의 자유가 있어. 표현만 안 하면 규제될 일도 없는데 그럴 자유를 포기하겠다는 거야? 코우타."

"우리가 그런 고상한 이야기를 하던 중이었던가요?"

"생명의 신비와 관련된 고상한 이야기지. 코우타도 모처럼의 망상 스킬을 썩히지 말고 활용하라고."

"없다니까요."

"고집하고는. 저기서 아카네가 씻고 있어도?"

레이가 여자아이의 이름을 꺼내자 코우타의 얼굴이 새빨개졌다.

"이거 봐, 있네."

레이가 으스댔다.

"조용히 하세요. 아카네가 어쨌든 상관없다고요."

코우타가 입을 내밀고 고개를 돌렸다.

"코우타, 다 잊고 좀 놀아보는 건 어때?"

"……."

"에휴."

레이가 작게 한숨을 내쉬었다.

"다녀왔습니다."

그때, 리오가 어디선가 슥 나타났다.

"오, 오오오."

"어서 오세요……."

눈치채니 바로 옆에 있어서 레이와 코우타가 당황했다.

"다른 분들은 샘에 있나보네요. 마침 잘 됐어요. 둘에게 묻고 싶은 게 있어요."

리오가 두 사람에 말했다.

"뭐를요?"

레이가 물었다.

"둘은 어떻게 이 세계 말을 익혔죠? 용사가 아니면 말이 통하지 않을 텐데……."

"알고 있었군요."

코우타는 조금 놀란 모양이었다.

"가르아크 왕국에 소환된 용사님의 친구가 두 사람처럼 용사소환에 휘말려 이 세계에 흩어지는 바람에 제가 잠시 보호했어요. 말 때문에 꽤 고생했거든요."

"그래서 용사가 아니면 이 세계 말을 못 하는 걸 알았군요."

"네. 그들에게 번역 마도구를 이용해 제가 이 세계 말을 가르쳐줬는데 하나뿐인 귀한 마도구라 일반적인 방법은 아닙니다. 그래서 둘은 어떻게 배웠나 해서요."

"저희는 유일하게 말이 통하는 루이가 도와줬어요. 현지인이 한 말을 루이가 번역해주면 단어와 문법을 알아내고 암기해서 직접 대화해봤죠."

"아…… 힘들었겠어요."

말을 배운 코우타와 레이도, 도와준 루이도.

"전이하고 매일 언어 공부만 했으니까요. 싫어도 입에 붙더라고요. 다행히 저희는 예전 세계에서 외국어 공부 동아리 소속이라 그렇게 힘들지는 않았어요."

"성과가 있네요. 일상회화는 완벽해요."

"대화를 우선해서 글자를 읽고 쓰는 건 아직 멀었어요."

코우타가 어깨를 으쓱하며 말했다.

"그건 그렇고 우리도 하루토 씨에게 묻고 싶은 게 있는

데요."

레이가 손을 들고 말을 꺼냈다.

"뭐죠?"

리오가 레이를 보며 고개를 갸웃거렸다.

"하루토 씨는 어디 출신이에요? 우리가 살던 나라의 이름과 성씨가 울림이 비슷하고 외모도 아시아 계열이라고 해야 하나, 혼혈 같다고 해야 하나. 가르아크 왕국에 소환된 용사의 친구를 보호했다고 했죠?"

레이는 리오가 일본인이 아닌지 의심하는 말을 꺼냈다. 코우타도 리오를 살폈다.

"루이 씨도 그렇고 소환된 분들이 종종 물어보시는데 저는 태어난 곳도 자란 곳도 슈트랄 지방입니다. 돌아가신 부모님이 야구모 지방 출신인데 여러분이 살았던 곳과 풍토가 비슷한 곳인가 봐요."

리오가 그런 질문을 받을 때마다 정해놓은 설명을 암기하듯 말했다.

"아, 성에 있을 때 그런 지방이 있다고 들었어요. 울림이 비슷하긴 하네요."

"저희 세계로 돌아갈 단서가 있을까요?"

레이와 코우타가 야구모 지방에 관심을 보였다.

'지구로 돌아가고 싶으면 성에 남는 게 낫지 않나? 루이 씨도 지구로 돌아갈 방법을 찾는 모양이었고.'

의문스럽지만, 벨트람 왕성 분위기가 심상치 않았다. 예

전에 누명을 뒤집어쓴 경험도 있고 지배층 귀족에게 그다지 좋은 인상도 받지 못 했다. 신변의 위험을 느꼈을까?

다만, 루이는 두 사람을 데리고 돌아가려고 추적부대에 참여한 것 같았다. 루이를 이용하고 싶을 아르보 공작파가 루이의 친구인 두 사람을 일부러 위협할 이유가 없었다. 두 사람은 왜 성에서 도망쳤을까.

"둘은 원래 세계로 돌아가고 싶어서 성에서 도망친 겁니까?"

시험 삼아 물어봤다.

"돌아가고는 싶지만…… 그래서 성에서 도망친 건 아니에요. 제가 개인적으로 루이와 같이 있고 싶지 않아서……."

코우타가 모호하게 대답하고 작게 자조했다.

"그럼 레이 씨는?"

"저는 코우타를 따라왔다고 할까요? 저도 성에서 지내기 답답했고 코우타가 나가면 더 그렇게 될 것 같아서."

레이가 어깨를 으쓱하며 말했다.

"루이 씨가 두 사람을 데려가려고 쫓아오는 걸 생각하면 무슨 사정이 있을 것 같네요. 실례했습니다. 대답하기 어려운 이야기를 꺼냈네요. 더 캐묻지 않을게요."

리오가 깨닫고 말했다. 막 만난 사람이 꼬치꼬치 캐물을 이야기가 아니었다.

"오래 기다리셨습니다."

그때, 사라 일행이 돌아왔다.

"기분 좋았어. 이번엔 너희가 씻는 게 어때?"

세리아가 리오 일행에게 말했다.

"네. 갈까요?"

리오가 코우타와 레이에게 권했다.

"네. 그럼 모처럼의 기회이니 저도. 선배는?"

코우타가 옆에 있는 레이를 보았다.

"미소녀들이 씻은 물…… 아니, 남은 물로 씻기. 가고말
고!"

레이가 눈을 번쩍 뜨고 힘차게 고개를 끄덕였다. 여자들
의 싸늘한 시선이 쏟아졌다.

"너는 여기서 기다려."

크리스티나가 차갑게 말했다.

"아, 아니. 하하하……."

레이가 얼버무리듯 애써 웃었다.

𝕶 　막간　 𝕵 ✦ 밀담

　시간을 조금 거슬러 올라 같은 날 오전.

　리오 일행이 걸어서 이동하기 시작했을 무렵의 이야기다.

　벨트람 왕국 동부. 최근 행방불명자가 늘어 인적이 끊긴 숲속에 어떻게 된 일인지 오두막이 있었다.

　멋들어지진 않지만, 정기적으로 관리하는지 낡지는 않았다.

　오두막 옆에 누군가가 가볍게 착지했다. 레이스였다. 조용히 착지한 레이스는 오두막 문 앞에 서서 일정한 박자로 문을 두드렸다. 그러자 문이 열렸다.

　"아니, 레이스 님⋯⋯."

　오두막 안에는 서른 안팎의 남자 세 명이 있었다. 그중 한 명이 문을 열고 레이스의 얼굴을 보더니 당황하며 검을 든 손에서 힘을 풀었다. 안쪽에 있던 둘도 검을 내리고 경계를 풀었다.

　"오랜만이네요, 알레인. 루치, 벤. 잘 지냈습니까?"

　레이스가 문을 연 남자를 알레인이라 부르고 안에 있던 두 사람을 루치와 벤이라 불렀다. 세 사람은 레이스에게 우호적인 미소를 지었다.

　"네, 여전합니다. 다음 임무를 기다리고 있었는데 설마 레이스 님이 직접 오실 줄은 몰랐습니다. 어서 안으로 드시죠."

알레인이 예의 바르게 대답하고 레이스를 오두막 안으로 들였다.

"조금…… 아니, 꽤 귀찮은 사태가 벌어졌어요. 갑작스럽지만, 여러분의 힘이 필요해요."

레이스가 의자에 앉아 과장스럽게 말했다. 마찬가지로 의자에 앉은 알레인, 루치, 벤은 레이스가 이런 식으로 말하면 그 말처럼 귀찮은 일이 생기고는 해서 알레인이 긴장한 표정으로 물었다.

"대체 무슨 일입니까?"

"크리스티나 왕녀가 성에서 도망쳐 로다니아로 가고 있습니다."

레이스가 태연하게 정보를 밝혔다.

"네……?"

세 사람이 놀라서 눈을 크게 떴다.

"저희가 뒤에서 수작 부려놓고 이런 말하기는 뭣하지만, 이 나라도 슬슬 한계인가 봅니다."

알레인이 곧 냉정을 되찾고 코웃음 쳤다.

"그러게 말이야. 성에 있는 놈들은 뭐 하는 거야?"

루치라 불린 체격이 우람한 남자가 어이없어하며 비웃었다.

"국가라는 생물은 그리 쉽게 죽지 않아요. 성에서 용케 도망친 건 협력자, 아마도 크렐 백작이 손을 썼겠죠. 왕녀 일행은 오늘 새벽까지 크레이아에 숨어있었는데 샤를 아르보의 추적대가 수색하러가자 곤란하게도 도시 밖으로 탈출했어요."

레이스가 예상을 섞어 말했다.

"우리에게 하시는 의뢰는 크리스티나 왕녀 포획입니까?"

벤이라 불린 과묵한 남자가 레이스에게 물었다.

"네, 위험한 다리를 건너면서까지 성에서 도망친 건 무슨 생각이 있단 겁니다. 크리스티나 왕녀는 조만간 없앨 예정이었는데 이 타이밍에 로다니아에 합류하면 귀찮아져요. 안 그래도 결혼식 때문에 아르보 공작파의 영향력에 흠집이 났는데."

레이스가 어깨를 으쓱하며 탄식했다.

"그래서 우리가 나설 차례군요."

루치가 호전적인 미소를 지었다.

"지금은 샤를 아르보의 추적부대가 대규모로 움직여 행방을 좇고 있지만, 성가신 사람들이 크리스티나 왕녀를 호위하고 있거든요. 이대로라면 로다니아까지 도망칠 거예요."

"성가신 사람들이요?"

알레인이 고개를 갸웃거렸다.

"아직 제대로 파악하지 못한 사람이 많지만, 미노타우로스쯤은 여러 마리도 문제없이 쓰러뜨릴 수 있는 마검 소유자가 넷이에요."

레이스의 말에 세 사람의 표정이 굳었다.

"정면으로 붙으면 우리만으로는 조금 어렵지 않겠습니까?"

벤이 조금 망설이며 말했다.

"어라, 여러분이 쓰는 무기와 방어구도 마검급이잖아요. 미노타우로스쯤은 이길 수 있잖아요? 그리고 크리스티나 왕녀가 목표이니 굳이 다 처리할 필요 없어요."

레이스가 알레인 일행을 시험하듯 대담하게 웃었다.

"암살…… 말씀이십니까?"

알레인이 눈을 가늘게 뜨며 물었다.

"가능하면 추적부대가 포박해서 벨트람 왕국으로 송환했으면 좋겠는데……. 상황에 따라서는 로다니아에 도착하기 전에 크리스티나 왕녀를 죽입시다."

레이스가 조건부로 크리스티나 살해를 허락했다.

"왕녀가 로다니아에 도착하고 처리하면 안 됩니까? 여러 강한 적이 경계할 때 죽이는 것보다는 훨씬 쉬울 텐데요."

루치가 머리를 긁적이며 물었다.

"레스토라시온에 합류하고 죽으면 합류하기 전에 죽는 것과 의미가 다르잖아."

알레인이 레이스보다 먼저 지적했다.

"맞습니다. 크리스티나 왕녀는 우수한 인재라서 그녀가 레스토라시온에 합류하면 플로라 왕녀처럼 유그노 공작의 꼭두각시가 아닌 명실상부한 조직의 얼굴이 되어 주변국에 대표로 알려질 겁니다. 그렇게 되면 레스토라시온은 활기를 띄고 아르보 공작파의 영향력은 더 약해지겠죠. 그런 상황에 암살을 해보세요. 레스토라시온에 복수라는 대의명분을 주는 꼴이지 않습니까? 죽어서 공고해지는 영향력도 있습니다."

그러니까 크리스티나가 레스토라시온에 소속되기 전에 없애야 한다고 레이스가 덧붙였다. 그들 조직에 속하지 않은 인간의 죽음은 복수의 대의명분으로 쓰기 어려울 테니까.

반대로 로다니아에 도착하기 전에 죽이면 책임 소재가 명확하지 않아 서로 책임을 떠넘길 가능성이 컸다.

"아…… 그렇군요."

루치가 내키지 않은 듯 목을 울리며 받아들였다.

"유그노 공작은 그런 이야기를 좋아라 준비하겠죠. 만약 암살하더라도 암살을 의심할 여지가 없는 죽음으로 만들어야 하는데 쉬운 일이 아니죠. 갑자기 의문사하면 의심할 테고요."

암살의 가장 최소한의 조건은 증거를 남기지 않는 것인데 레스토라시온에 합류한 크리스티나를 암살하려면 그것만으로는 부족했다.

유그노 공작이 크리스티나가 암살당했으니 아르보 공작파에게 보복한다는 대의명분을 날조하지 못하도록 암살을 의심할 여지가 없는 죽음으로 만들어야 했다. 암살을 의심할 여지가 있으면 각본은 얼마든지 쓸 수 있었다. 적당한 희생양을 준비해 아르보 공작 쪽 사람인 이 녀석이 암살을 도왔다고 조작하면 됐다.

암살이 의심받지 않을 가장 간단한 방법은 인간의 의지로 어떻게 할 수 없는 마물로 암살대상을 죽이는 것이었다.

"하지만 암살은 마지막 방법입니다. 그 넷 중 하나가 짜증날 만큼 성가시거든요. 되도록 얽히고 싶지 않은 사람이에요. 우리 계획에 지장을 줄 만한 곳마다 나타나서 곤란하기 그지없어요. 우리끼리만 하는 이야기인데 루시우스 님도 그 사람에게 지독하게 당했어요."

"다, 단장이?!"

루시우스의 이름이 나오자 세 사람이 눈을 부릅떴다. 그들은 천상의 사자단 소속이지만, 리오와 루시우스가 아망드에서 싸운 것은 모르는 모양이었다.

"솔직히 말하면 우리로도 전력이 부족해요. 암살하게 되면 사람을 더 모을 거지만, 정면으로 싸우면 이기진 못할 겁니다. 시간 벌기만 염두에 두자고요."

"……"

레이스가 이렇게까지 말하다니, 세 사람은 마른침을 삼키고 굳은 표정을 지었다.

"이 계획은 어디까지나 마지막 방법입니다. 메인은 샤를의 추적부대가 크리스티나 왕녀를 포박하는 계획이에요. 그때는 추적부대에 있는 왕국 최강의 기사와 용사도 전력으로 쓸 수 있을 테니 힘내요."

"왕국 최강의 검사라면 옛날에 단장과 왕의 검 자리를 놓고 다퉜다는……"

벤이 눈을 크게 뜨며 말했다.

"네. 마검 성능도 본인 실력도 보증할 수 있습니다. 활신장을 쓰는 용사 소년도 실력이 좋다니 그들과 협력하면 작전이 성공할 확률이 크게 올라가요."

"그럼 레이스 님은 샤를에게 가실 겁니까?"

알레인이 물었다.

"아뇨. 크리스티나 왕녀가 어디 있는지 알아내면 협조를 제안하러 갈 겁니다. 왕녀의 소재도 모르는데 섣불리 정보를 넘겼다가 멋대로 움직이면 곤란하니까요. 샤를은 타산적인 남자라서 정보 제공을 선물로 주고 협조를 제안해야 더 쉽게 받아들일 거예요."

"알겠습니다."

세 사람이 긴장한 표정으로 고개를 끄덕였다.

"지금은 크리스티나 왕녀가 어디 있는지 알아내는 게 최우선이에요. 바로 이동루트를 나눠볼까요? 주변 지도 좀……."

"여기 있습니다."

벤이 의자에서 일어나 선반에 있던 종이 지도를 가져왔다. 손으로 그린 지도에는 다양한 지리정보가 자세히 기록되어 있었다. 시판에 나도는 중요 가도만 그려놓은 자질구레한 지도와는 차원이 달랐다.

"샤를은 크리스티나 왕녀에게 마검 소유자가 넷이나 붙어있는 줄 모르니 걸어서 하루 이틀 내에 이동할 수 있는 범위를 중점적으로 수색할 겁니다. 하지만 신체강화를 하고 안아서 이동하면 거리를 제법 벌릴 수 있어요. 크레이아 주변 탐색은 그쪽에 맡기고 우리는 그 앞에 감시망을 치죠."

레이스가 지도를 펼치고 흠, 하며 물끄러미 바라보았다.

"크레이아에서 로다니아로 가는 각 가도 진로 상, 걸어서 3일에서 5일 내에 이동할 수 있는 지점은……. 이 주변 가도에 있는 도시나 역참마을에 있겠군요."

알레인이 손가락으로 해당하는 가도 지점에 원을 그렸다. 가도가 도중에 갈라져서 후보가 다섯 개 이상이었다.

"그러면 여러분은 길이 모이는 곳…… 여기, 여기, 이 역참마을에 감시망을 치세요. 예상대로라면 며칠 내로 걸릴 겁니다."

레이스가 알레인이 그린 곳에서 나아가 도보로는 일주일 넘게 걸릴 곳에 있는 세 도시를 가리켰다. 그 중 두 개는 로다니아와 직통으로 이어진 가도 위에 있었고 하나는 가르아크 왕국으로 가는 가도에 있었다.

"알겠습니다."

세 사람이 고개를 끄덕였다.

"그럼 수색하기에 앞서 크리스티나 왕녀 일행의 특징을 가르쳐줄게요. 주로 10대 중반인 남녀 아홉 명이 움직이니 눈에 띌 겁니다."

리오도 샤를도 모르는 곳에서 크리스티나 수색이 시작됐다.

〖 제 2 장 〗 ✸ 레스토라시온으로 가는 길

리오 일행은 몸을 씻고 얼마 지나지 않아 샘을 떠났다. 숲에서 가도로 나와 10킬로미터를 걷고 동쪽으로 조금 더 전진했다.

정오가 지난 시각, 아직 해가 지기는 이른 시각이었다. 일반 여행객은 좀 더 열심히 걸어야겠다고 생각할 시간대였다.

"오늘은 이쯤에서 쉬죠."

소도시가 눈앞에 들어오자 리오가 일동에게 제안했다.

"벌써요? 아직 낮인데요."

코우타가 하늘을 올려다보며 말했다.

"밤에는 어두워서 아무것도 보이지 않으니 해가 지기 전에 머물 곳을 잡는 게 여행의 철칙이에요. 그래도 시간이 충분하긴 하지만, 물건을 사서 여러분의 여행 준비를 제대로 해야 하니까요."

"아하."

크레이아를 탈출하며 짐을 최소한으로 줄이느라 크리스티나 일행은 거의 빈손이었다. 여행 준비를 전혀 하지 못했다.

탈출하며 걸친 수수한 외투는 여행 동안 입을 수 있지만, 그 아래에는 한눈에 봐도 신분 높은 사람임을 알 수 있는, 여행에는 어울리지 않는 고운 옷을 입었으니 옷부터 준비해야 했다.

"그래도 오늘 머물 곳부터 준비해야 해요. 늦게 예약해서 좋은 여관을 못 잡으면 귀찮잖아요. 여러분의 노잣돈은 크렐 백작이 주셨으니 걱정 마세요. 그러니까 일단은 도시로 들어가죠."

일반적으로 도시는 정치 중추 구역을 몇 중의 성벽으로 에워싸고 출입을 엄격하게 심사하는데 도시 입구인 바깥문은 낮 동안 계속 열어놓아서 출입이 자유로웠다.

문에 경비병이 있지만, 어지간히 수상하지 않는 한은 불러 세우지 않았다.

"잠깐."

문을 지나는데 여러 병사 중 연장자인 장년 남자가 불러 세웠다. 이곳의 책임자로 보였다.

"왜 그러시죠?"

리오가 일행을 대표해서 대답했다.

"인원이 많은 것치고 짐이 가벼워 보여서. 그리고 평소에는 불러 세우지 않는데 위에서 지시가 내려와서 말이야. 후드를 벗고 얼굴을 보여주겠나?"

크리스티나 수색의 일환이었다. 말단 병사가 제1 왕녀의 얼굴을 알 리 없으니 머리카락 색을 보려는 모양이었다. 코우타와 레이의 검은 머리카락은 물론, 크리스티나의 보라색 머리카락은 보기 드문 색이었다. 마도구로 머리카락 색을 바꾸지 않았다면 곤란할 뻔했다.

"네, 괜찮습니다. 여러분, 후드를 벗어주세요."

리오가 흔쾌히 고개를 끄덕이고 뒤에 있는 일행에게 말했다. 그들은 후드를 벗고 얼굴을 드러냈다.

"흠……."

병사들의 시선이 제일 먼저 머리카락으로 향했다. 색을 확인하는 모양이었다. 찾는 머리카락 색이 없었는지 이번에는 얼굴을 보았다.

"뭐, 뭐야, 엄청난 미인들이잖아."

전원의 얼굴을 보더니 여자들의 얼굴을 다시 둘러보며 말했다.

세리아, 사라, 오피아, 아르마, 크리스티나, 바네사. 모두 이 근방에서는 보기 힘든 미모였다.

"네. 그래서 눈에 띄지 않으려고 후드로 얼굴을 가린 겁니다. 도시 안에서도 후드를 벗어야 할까요?"

"도시 안에서는 써도 되는데 대체 뭐하는 단체지?"

경비병이 슬쩍 캐물었다. 다른 병사들도 호기심 가득한 시선을 보냈다.

"벨트람 왕국 성지순례단입니다. 모국인 가르아크 왕국으로 돌아가는 중입니다. 저 두 분이 저희가 모시는 아가씨고 저처럼 무장한 이들은 호위입니다."

리오가 크리스티나와 세리아를 가르아크 왕국의 귀족 영애라 속이고 태연하게 이유를 갖다 붙였다.

슈트랄 지방의 성지는 육현신 설화에 얽힌 신성한 토지라서 여행 겸 성지순례를 하는 것은 왕후 귀족 중에서도 경건한 신자의 소양이었다. 가르아크 왕국과 벨트람 왕국은 최근에 국교가 끊겼지만, 전쟁을 하는 것도 아니니 부자연스럽지는 않았다.

세리아와 크리스티나는 실제로 왕후 귀족 공주님, 아가씨라서 가만히 있어도 기품이 느껴졌다.

"아…… 그런 거였군요. 실례했습니다."

장년 병사의 언행이 갑자기 공손해졌다. 타국 귀족에게 경솔하게 행동해서 국제문제로 번져 목이 날아가고 싶지는 않은 모양이었다. 귀족은 건드려서 좋을 게 없었다.

"이제 지나가도 될까요?"

"네. 지나가시죠."

더 물어보고 싶은 게 있는 모양이었으나 리오 일행에게 통행을 허가했다.

문을 지나 무사히 도시 안으로 들어갔다.

"후우, 긴장했어. 이럴 때 어떻게 하면 될지 미리 의논을 해놓아야겠어."

세리아가 안도의 한숨을 내쉬고 중얼거렸다.

"고생하셨어요."

리오가 웃으며 세리아를 위로했다.

"하루토 씨의 연기가 훌륭했어요."

"저는 얼굴이 굳을까 봐 죽는 줄 알았습니다."

아르마와 사라가 리오를 칭찬했다.

"일단은 안심해도 되려나?"

오피아가 고개를 갸웃거렸다.

"후드를 벗었을 때, 우리 머리카락 색을 확인했죠? 어쩌면 도시 안에도 추적대가 있을지도……."

코우타가 불안스레 말했다.

"아뇨, 영지 하나에도 여러 도시와 역참마을이 있고 도시 주변에는 수많은 촌락이 있으니 수색범위를 좁히지 않으면 인원을 충분히 배치하기 어려울 거예요. 잠복할 만한 곳을 찍어 그곳을 중점적으로 인원을 배치하는 게 보통이죠. 여기는 크레이아에서 도보로 3일은 걸어야하는 곳이니까 하루도 안 지난 현시점에는 우선적인 수색장소로 지정되지 않았을 거예요."

리오가 코우타의 불안을 불식시키듯 추측했다.

"특징과 일치하는 사람을 찾도록 크레이아에서 로다니아까지 가는 길에 있는 모든 도시에 지명수배를 내렸을 거다. 아까 병사가 한 직무질문은 그런 명령을 받고 한 거겠지."

바네사가 덧붙여 말했다.

"지명수배라니. 으음, 범죄자가 된 기분이네."

레이가 복잡한 듯 씁쓸하게 웃었다.

"우리 중 누군가는 붙잡히면 범죄자 취급을 당할 테니 완전히 틀린 건 아니네요."

우리 중 누군가는, 신분과 지위에 따라 다르게 대한다는 뜻이었다. 루이의 친구인 코우타와 레이는 체포돼도 처벌받지 않겠지만, 다른 사람은 어떤 대우를 받을지 몰랐다.

"나쁜 짓을 한 것도 아닌데……."

코우타가 불만스럽게 중얼거렸다.

"안타깝게도 뭐가 무엇이 나쁜지 정하는 건 권력자예요."

리오가 타이르듯이 말했다.

"그러면 명백히 죄가 없는 사람을 범죄자로 만들 수도 있어요?"

코우타가 울컥해서 입을 내밀고 물었다.

"할 수 있어요. 누명을 씌울 권력이 있다면. 권력 남용을 막을 시스템이 있다면 이야기가 다르지만, 잘 기능할지도 알 수 없지만요."

"속 터지는 이야기네요……."

코우타가 벌레라도 씹은 표정으로 중얼거렸다. 한편, 크리스티나는 복잡한 표정으로 두 사람의 대화를 들었다.

"그렇게 안 되게 로다니아로 도망치는 거예요. 선정을 베풀 정통 후계자에게 권력을 위양할 수 있게."

리오가 말하며 크리스티나를 보자 그녀는 주먹을 틀어쥐었다. 간신히 표정을 꾸며내고 리오의 시선을 받아냈다.

"이런 이야기를 오래 해봤자 기분만 나빠질 테니 여관을 찾을까요? 자, 갑시다."

리오는 바로 시선을 피하고 대화를 끝냈다.

몇 분 후.

리오 일행은 도시 번화가로 갔다. 번화가라고 해도 인구 1천 명이 넘는 소도시라서 인파가 많지는 않았다.

여관 선택지도 많지 않아서 그럭저럭 역사가 느껴지는 3층 목조 건물을 오늘 쉴 곳으로 골랐다.

동행한 사람들의 과반수가 여관에서 묵어본 경험이 없어서 리오가 앞서 걷고 나머지가 따라갔다. 따라가는 발걸음이 어색했다.

"오 단체 손님이시군요."

여관 안으로 들어가자 주인으로 보이는 중년 남자가 카운터 의자에서 일어나 영업용 미소를 지으며 손을 비볐다.

"빈 방 있습니까? 아홉 명이 머물고 싶은 데요."

리오가 물었다.

"있지요. 아홉 명이 묵을 방은 없지만, 6인용 방과 3인용 방이나 3인용 방 세 개 중 마음에 드는 쪽으로 고르세요."

주인이 대답하고 리오 뒤에 있는 여덟 명을 보았다. 수상한 사람이 섞여있지는 않았는지 확인하는 모양이었다. 딱히 수상한 점은 없었는지 바로 대표로 보이는 리오를 보았다.

세리아, 사라, 오피아, 아르마, 크리스티나는 후드를 썼고 리오와 코우타와 레이와 바네사는 후드를 벗었다. 모두 후드를 쓰면 수상한 집단으로 보일 우려가 있었다.

"그럼 6인용 방과 3인용 방으로 주세요."

"감사합니다. 요금은 총 소은화 석 장입니다. 한 명당 대동화 두 장으로 저녁식사와 아침식사를 추가하실 수 있는데……."

"식사는 괜찮습니다. 대신 숙소 주방을 빌릴 수 있을까요?"

"네. 한 시간 반에 대동화 석 장입니다. 식자재도 팔아요."

"그럼 주방을 빌릴게요. 나중에 식자재 목록을 보여주세요."

"알겠습니다."

"주방 이용료도 포함해서 넉넉하게 드릴게요. 부족하면 나갈 때 말씀하시고 남으면 팁으로 넣어두세요."

리오가 지갑에서 소은화 네 장을 꺼내 카운터에 놓았다.

"알겠습니다. 여기 방 열쇠요. 3층 오른쪽 끝에 있는 방 두 개입니다."

주인이 만족스럽게 고개를 끄덕였다. 팁이 필수는 아니지만, 주면 친절해진다.

"알겠습니다. 그럼……."

리오는 열쇠 두 개를 챙기고 뒤를 돌아봤다.

"방 잡았어요. 가죠. 3층이에요."

뒤에 있는 일행에게 가자고 재촉했다. 아홉 명이 줄줄이 계단을 올라가 배정받은 방으로 갔다.

리오는 3층 계단을 올라 오른쪽 안쪽 방 두 개 중 먼저 맞은편에 있는 방을 열었다.

"이쪽이 6인용 방이네요. 여자 분들은 이 방을 쓰세요."

싱글 침대 여섯 개, 문 쪽에 테이블 하나, 여관에 있어야 하는 최소한의 가구를 빼곡하게 집어넣은 광경이 눈에 들어왔다. 실내는 조금 지저분하고 퀴퀴한 냄새가 났다.

"……."

상황이 상황인지라 이것저것 따질 생각도 없었고 불쾌한 표정을 짓지도 않았지만, 여자들은 보기 드문 광경을 목격한 것처럼 당황했다.

기사라서 외출할 기회가 있었을 바네사는 몰라도 다른 다섯 명은 온실에서 자랐다고 해야 하나 귀하게 자랐기에 생활수준을 생각하면 보기 드문 광경이 맞아서 놀라움을 감출 수 없었다.

"고급 여관 외에는 대부분 이래요. 아마 그런 일은 없겠지만, 만약을 위해 되도록 한 방에 모여 있는 게 좋으니 양해해주세요."

지방 소도시에 고급 여관이 있을 리 없었다.

"나름의 멋이 있어서 제법……."

아르마가 제일 먼저 입을 뗐다.

"침대가 모여 있어서 밤에 얼굴 보고 이야기하기 쉽겠어."

오피아가 웃으며 말했다.

"이거 놀러온 거 아닙니까?"

사라가 웃으며 대답했다.

"너무 늦게까지 깨어있으면 안 되겠지만, 잠깐은 좋을지도 모르겠어."

세리아도 흐뭇해하며 동조했다.

"저는 또래 친구들과 한 방에서 잔 적이 없어서 놀러왔다고 생각하니 흥미가 생기네요."

크리스티나도 대화에 끼어서 웃으며 호기심을 비쳤다.

"열쇠는 일단 바네사 씨께 드리겠습니다. 여관 밖으로 나가지 마세요. 이상한 놈들과 엮이면 안 되니까요."

"알았다."

바네사가 리오가 건넨 열쇠를 받았다.

"그리고 10분 뒤에 물건을 사러 갈 테니 뭐가 필요한지 생각해서 알려주시겠어요? 같이 갈 사람은 세리아…… 님과 세 분도 도와주셨으면 좋겠어요. 만약을 위해 숙소 주변을 경계하고 도시 내부에 수색대가 있는지 확인하고 싶습니다."

리오가 세리아와 사라 일행을 보았다. 크리스티나 일행 앞에서 크레이아에 있을 때부터 세리아를 세리아 님이라고 불렀지만, 익숙하지 않아서 망설임이 조금 섞였다.

"네, 맡겨주세요."

사라 일행이 힘차게 고개를 끄덕였다.

"저희도 방에 갈게요. 가죠."

리오가 몸을 돌려 코우타와 레이를 데리고 방을 나갔다.

십여 분 후. 리오는 세리아, 사라, 오피아, 아르마와 함께 숙소 밖으로 나갔다. 리오는 후드를 벗었고 나머지는 썼다.

 먼저 숙소 앞에서 주위를 둘러보았다. 통행인이 많지 않아서 그들을 살피는 사람이 있다면 기척을 어지간히 교묘하게 숨기지 않는 한은 알 수 있었다. 일단 수상한 자는 없었다.

 "만약을 위해 여러분의 계약정령에게 주변 감시와 탐색을 부탁해도 될까요?"

 리오가 사라, 오피아, 아르마에게 말을 꺼냈다.

 "실은 헬이 이미 영체화해서 도시를 탐색하고 있습니다."

 "에어리얼은 실체화해서 상공에서 주변을 정찰하고 있어요."

 "이프리타는 영체화해서 숙소 주위를 경계 중입니다."

 사라 일행이 당당하게 말했다.

 이미 각자의 계약정령을 움직여놓았다.

 "역시 여러분이네요. 고맙습니다."

 리오가 감사를 표하고 부드럽게 미소 지었다.

 "아뇨, 아닙니다."

 사라 일행이 만족하며 고개를 저었다.

 기운이 넘치는 게 보였다.

 "그런데 이렇게 되면 급한 용건은 끝난 셈이니, 여러분을 일부러 밖으로 부르지 않아도 될 걸 그랬어요. 장은 세실리아와 보러갈 생각이었거든요."

리오는 도시 안이라서 평소처럼 세리아를 가명으로 불렀다.

수색대상인 크리스티나 일행도 남 앞에서 실명을 부를 수는 없으니 크리스티나는 티나, 바네사는 네사, 코우타는 코우라고 부르기로 했다. 레이는 슈트랄 지방에도 흔한 이름이라 계속 레이라고 부르기로 했다. 레이가 조금 쓸쓸해한 것은 다른 문제다.

"응? 나?"

자기 이름이 나오자 세리아가 눈을 깜빡였다.

"네. 우리 중에 가장 장보기에 익숙할 것 같아서……."

리오가 지극히 당연한 이유를 말했다. 귀족 영애인 세리아에게 맡기면 왕녀인 크리스티나의 물품도 잘 맞춰 살 수 있다는 믿음이 있었다.

"그런 거라면 기꺼이 같이 갈게……. 으."

세리아가 수줍게 말하다 자신을 물끄러미 바라보는 사라 일행을 보고 몸을 움츠렸다.

"모처럼의 기회이니 저도 같이 가고 싶어요!"

오피아가 힘차게 손을 들고 밝게 부탁했다.

"모처럼의 기회이니 저도."

아르마가 자연스럽게 끼어들었다.

"그, 그러면 저도……."

사라도 쭈뼛쭈뼛 동행을 제안했다.

"그럼 다 같이 갈까요?"

"네!"

리오의 물음에 사라 일행이 입을 모아 힘차게 대답했다.

"으으······."

세리아가 귀엽게 볼을 부풀렸다. 하지만 만약 자기가 사라 일행이었어도 따라가려고 했을 테니 포기했다.

"급하지 않은 이야기도 할까요? 시장에 가면서요."

리오가 마침 생각난 듯이 말했다.

"무슨 이야기?"

세리아가 마음을 다잡고 리오 뒤를 따라가며 물었다.

"레이스라는 남자에 관해서요."

리오가 그 이름을 꺼낸 순간······.

"아······."

사라 일행의 표정이 굳었다.

"수수께끼투성이지만, 그 남자는 상당히 실력 있는 정령술사일지도 몰라요. 아니면 주문을 외우지 않고도 강력한 마술을 쓸 수 있는 고대급 마도구를 갖고 있든가요."

리오가 레이스의 전투 스타일을 말했다.

"무서울 정도로 기척이······ 없었어요. 숲속에서 그 남자가 한 것으로 보이는 공격이 날아오기 직전까지 전혀 눈치채지 못했습니다. 눈앞에 나타나도 존재감이 희미했고요."

사라가 심각한 표정으로 말했다.

"능청스럽게 도우려고 했다고 말했죠."

아르마도 말했다.

"숲에서 날아온 공격이 레이스의 것이라면 왕녀 전하의 목숨을 노렸을 가능성이 커요. 그렇게 생각하게 만들려는 것일 수도 있지만, 어쨌든 다시 기습할 가능성은 충분해요. 그러니 우리가 어디 있는지 쉽게 알아낼 거라 생각하고 싶지는 않지만, 만약을 위해 여행 중에도 여러분의 계약정령에게 근방의 적을 탐색하도록 부탁하고 싶어요."

그래도 색적 범위에 한계가 있지만, 경계하지 않고 접근하면 금방 발견할 터였다.

"네, 맡겨주세요."

사라가 고개를 끄덕였다.

"하지만 만약 정령술사라면 다른 정령술사가 있을 가능성도 고려해야 하지 않을까요? 기량에 따라 고전을 면치 못 할 수도 있어요."

아르마가 입을 꾹 다물고 끙끙댔다.

"적어도 벨트람 왕국과 가르아크 왕국에는 정령술사가 없을 텐데요."

리오가 세리아를 보며 확인을 청했다.

"응. 내가 아는 선에서도 없어. 하루토 외에는."

세리아가 리오를 보며 말했다.

"기분 나쁘네요, 정말……."

사라가 심각한 얼굴로 말했다.

"응, 기분 나빠……. 그러고 보니 레이스라는 남자는 어떻게 하루토 씨의 실명을 알았을까?"

평소에는 밝은 오피아도 굳은 표정으로 고개를 끄덕였다. 그리고 레이스가 물러날 때 '리오'라는 이름을 부른 게 생각났는지 의문을 꺼냈다.

"그건 천상의 사자단 단장인 루시우스에게 들었을 거예요. 저와 인연이 있는 사람이라."

리오가 루시우스 이야기를 꺼냈다.

"인연……."

사라 일행이 중얼거리고 얼굴을 마주 보았다. 세리아는 아망드에서 리오가 플로라를 되찾은 후에 이야기를 들었기 때문에 복잡한 표정으로 얼굴에 그늘을 드리웠다.

"여러분에게는 아직 말하지 않았죠. 루시우스는 옛날에 제 어머니를 죽인 남자입니다."

리오가 겸연쩍어하면서도 루시우스와의 인연을 숨기지 않고 사라 일행에게 가르쳐줬다.

"세상에……."

사라 일행이 표정을 잃고 멍하니 중얼거렸다.

"지금 그 일은 상관없어요. 지금 문제는 그게 아니죠."

리오가 난처하게 탄식했다.

"크리스티나 님도 리오라는 이름을 들으신 거 말하는 거지?"

세리아가 리오를 도와 그 문제가 무엇인지 말했다.

"네."

리오는 천천히 고개를 끄덕였다.

"그게 왜요?"

사라 일행이 고개를 갸웃거리며 물었다.

"여러분과 만나기 전에 제가 누명을 썼던 거 이야기했었죠?"

"네."

"그 누명을 쓰게 된 소동의 현장에 크리스티나 왕녀도 있었어요. 예전에 같이 공부하던 클래스메이트였어요."

리오가 크리스티나와의 옛 접점을 말했다.

"네? 그러면 위험한 거 아닌가요?"

사라 일행의 얼굴이 초조함에 살짝 창백해졌다.

"그럴지도 모르죠."

반면 리오는 제법 차분하게 말했다.

"왜 그렇게 침착해?"

세리아가 기막혀하며 한숨을 내쉬었다.

"크리스티나 왕녀가 제 정체를 의심하든 안 하든 제가 먼저 밝힐 수는 없잖아요. 동일인물이라는 확실한 증거가 없으니 여차하면 시치미 떼면 되지 않을까요?"

"지켜보는 내가 조마조마하다……."

세리아가 피곤한 한숨을 내쉬었다.

"아하하……."

사라 일행이 건조하게 웃으며 암묵적으로 동의했다.

"말하는 사이에 상점가에 도착했네요. 식사 준비도 해야 하니 얼른 사서 돌아가죠."

리오는 무시하고 가게로 들어갔다.

한편, 그 무렵.

"……."

크리스티나는 방 안쪽에 있는 침대에 바르게 앉아 말없이 창밖을 바라보았다. 공허한 옆모습은 답이 나오지 않는 생각을 하는 것 같았다.

리오 일행이 숙소를 나가고부터 계속 이랬다. 옆 침대에 바네사가 앉아있었지만, 분위기 때문에 침묵을 지켰다.

"크리스티나 님."

그러던 바네사가 갑자기 크리스티나를 불렀다.

"왜 그래?"

크리스티나가 힐끗 보며 대답했다.

"아마카와 경은 그렇다 쳐도 아가씨들은 뭐 하는 사람일까요? 소수민족 출신이라고 했습니다만……."

바네사가 크리스티나에게 사라 일행의 정체와 관련된 이야기를 꺼냈다.

"글쎄, 내가 알 턱이 없지."

"신경 쓰이지 않으십니까?"

"신경 쓰이면?"

"아마카와 경을 포함해 이른바 마검 소유자가 넷입니다. 얼마나 큰 전력인지는 알고 계시겠지요."

일반적으로 훈련하는 기사가 마법이나 마술로 신체능력을 강화하면 일반 보병 수십 명을 한꺼번에 제압했다. 숙련된 마검 소유자는 그런 기사 수십 명을 한꺼번에 제압한다. 단순하게 수치로 측정할 수는 없지만, 혼자서 보병 대대(수백 명에서 천 명 정도)를 상대할 수 있었다.

그야말로 일기당천. 마검의 희귀함과 마검에 적합한 실력자의 희소성이 맞물려 마검 소유자가 귀히 여겨지는 이유였다.

그만한 전력의 소유자가 하루토를 포함해 넷. 더 단순하게 수치화하면 여단 규모(수천 명)의 보병전력에 필적했다.

"응."

사라 일행의 전력 규모를 뜨겁게 주장하는 바네사에게 크리스티나가 담백하게 맞장구 쳤다.

"그러면 전하가 레스토라시온에 무사히 합류한 뒤에도 아마카와 경과 아가씨들의 협조를 받을 수 있는지, 아가씨들의 마을과도 우호관계를 쌓을 수 있는지, 이참에 모색하는 것이 좋지 않겠습니까? 외람되오나 말씀 올립니다."

바네사가 주장했다.

"그들은 어디까지나 아마카와 경과 세리아 선생님을 위해 개인적으로 도와주는 거야. 레스토라시온에 가담할 동기가 없어."

사라 일행은 하루토에 대한 은의로 움직였다. 그리고 하루토는 세리아에 대한 은의로 움직였다.

"그러면 동기를 만들 수 있을지 모색하는 것은 어떻습니까?"

"그래, 생각해둘게."

탐탁치 않은 것이 느껴지는 말뿐인 맞장구였다.

"세리아 군에게 교섭 역할을 맡게 한다든지, 방법은 있을 겁니다."

그래서인지 바네사가 직접 방법을 제시했다.

"그런 짓을 하면 세리아 선생님과 아마카와 경 사이에……아니, 아마카와 경과 우리 사이에 갈등만 생겨."

"도가 지나치면 그렇겠지요. 그렇다고 말도 꺼내지 않는 것은 너무나……."

크리스티나가 가벼운 권유조차 피하는 것 같아 바네사는 표정을 찌푸렸다.

"너무나?"

"아뇨, 아무것도 아닙니다."

바네사는 할 말 있는 얼굴이면서도 고개를 저었다.

"괜찮아. 말해."

크리스티나는 한숨을 내쉬고 말하라 재촉했다.

"크리스티나 님……. 아마카와 경을 배려하십니까?"

바네사가 말을 골라 망설이며 물었다.

"당연히 배려하지. 아마카와 경은 가르아크 왕국의 명예 기사야. 만난 지 얼마 안 됐기도 하고."

크리스티나가 놀라서 눈을 살짝 크게 떴지만, 논리정연하게 대답했다.

"그걸 감안해도 그렇습니다."

지나치게 배려한다. 바네사가 눈빛으로 넌지시 말했다.

"왜 그렇게 생각해?"

"레이스라는 남자가 아마카와 경을 리오라고 불렀기 때문일까요?"

"……."

크리스티나는 아무 말 하지 않았다. 고개를 끄덕이지도, 가로젓지도 않았다.

"9년 전, 플로라 님이 유괴됐을 때 우리는 왕도 슬럼가에서 한 고아를 만났습니다. 그 아이의 이름이 리오였던 기억이 납니다. 저는 그 일 이후로 만난 적이 없지만, 학원에서는 크리스티나 님의 클래스메이트였습니다."

"그런 아이도 있었지. 용케 기억하네?"

크리스티나가 한숨을 내쉬며 감탄했다.

"그만큼 인상적인 소년이었으니까요."

슬럼가에서 받은 날카로운 시선도, 성에서 샤를에게 고문이라는 이름의 조사를 당한 후에 목격한 처참한 모습과 자신에게 내뱉은 차가운 말도.

기사와의 대전경기에서 샤를을 완벽하게 이기는 모습을

보았고 야외연습에서 일어난 사건 때문에 플로라를 실수로 죽일 뻔한 소동도 일어났다.

"하지만 아마카와 경이 우리가 아는 리오와 동일인물인지는 모르는 일이야. 동일인물이라고 단정하기에는 정보가 부족해. 증명할 길이 없어."

"그럴까요? 그가 그때의 고아라면 학원에서 신세진 세리아 군과 친한 것도 이해가 됩니다. 야외연습 후에 실종되고도 세리아 군과는 계속 인연을 이어가고 있었다면……."

"억측일 뿐이야."

크리스티나가 일축했다.

"근거가 될 사실은 있습니다."

하루토 아마카와라는 인물이 레이스에게 리오라 불린 것, 현재 세리아와 밀접한 관계인 것.

그리고 예전에 리오라는 소년이 세리아와 접점이 있었다는 것.

"그래도 증명하기엔 부족해."

성장기에 몇 년 동안 모습을 감춘 인물이 다른 사람으로 위장했다. 증명은 불가능했다. 본인이 동일인물이라고 인정하고 본인만 아는 기억을 말하거나 동일인물이라고 판단할 눈에 띄는 특징이 일치하지 않는 한은…….

"그러면 머리카락 색이라도 확인해볼까요? 제 기억에 리오라는 소년은 머리가 검었습니다. 외모도 이국적이었죠. 아마카와 경의 얼굴도 제법 이국적인 분위기가 감도는

것 같은데 머리카락 색이 검은색으로 판명되어도 증명하기 부족합니까?"

"아마카와 경의 머리카락 색은 회색이야."

"머리카락 색은 마도구로 바꿀 수 있지 않습니까. 지금 우리가 빌린 마도구로 그렇게 했듯이. 만약 그가 우리와 같은 마도구를 갖고 있다면요?"

"그냥 우연일지도 몰라."

크리스티나는 눈 한 번 깜빡이지 않고 말했다.

"저는 역시…… 전하가 아마카와 경을 배려한다고밖에 생각할 수가 없습니다."

바네사가 얼굴을 찌푸렸다.

"이상한 말을 하네. 뭘 배려한다는 거지?"

"그러면 왜 아마카와 경에게 말씀하지 않으십니까? 레이스가 리오라고 부른 것을요. 기회는 여러 번 있었습니다. 그가 당신께서 아는 리오라는 인물일지도 모른다고 생각하셨지요?"

"만약 동일인물이라 하더라도 지금 그는 하루토 아마카와야. 순순히 인정할 것 같아? 왕립학원에 있을 무렵의 그는 학생들에게 업신여겨졌고 완전히 고립됐었어. 나도 못 본 척했고. 게다가 벨트람 왕국 권력투쟁의 희생양이 되어 누명을 쓰고 지명수배까지 당해서 쫓겨났어. 싫어할 게, 아니, 원망할 게 뻔하잖아."

"역시 그 일은 누명이었습니까?"

"나도 현장을 본 게 아니라 모르겠어. 하지만 그가 범인이어야 한다는 전제 하에 벌어진 일이란 건 분명해. 십중팔구 누명이야."

"……."

바네사는 심각한 얼굴로 입을 다물었다.

"알겠지? 그가 학원에서 의지한 세리아 선생님에게 유일하게 은의를 느끼고 도와도 벨트람 왕국에는 협조할 이유가 없다는 걸. 원망해도 이상하지 않으니까 협조하지 않을 이유가 더 많아."

"그 말씀은, 크리스티나 님도 아마카와 경이 우리가 아는 리오와 동일인물이라 생각한다고 받아들여도 되겠습니까?"

"가능성은 크다고 생각해. 그러니까 그의 과거를 건드리면 안 되는 거야. 지금 그 이야기를 꺼내면 우리 관계는 깨질 수밖에 없어. 배려하는 게 아니야. 이건 타산적인 행동이야."

크리스티나는 표정을 꾸며내듯 딱딱하게 자조하며 말했다. 마치 강렬한 수치심을 숨기려는 듯이.

"그러면 나중에 아마카와 경의 과거를 파헤칠 수도 있다는 말씀이십니까?"

"아니. 아마카와 경이 우리가 아는 그 아이와 동일인물에 한없이 가깝다 해도 진상은 밝혀지지 않아도 상관없어. 본인이 밝힐 생각이 없다면 더는 파고들지 않을 거야."

"그것도 타산적인 행동이란 말씀이십니까?"

크리스티나가 잘라 말하자 바네사가 괴롭게 물었다.

"응. 그런 사람과 사이가 나빠지고 싶지 않아. 그러니까 지금 나눈 대화는 이것으로 끝. 앞으로 다시 꺼내는 건 금지야. 알겠지?"

크리스티나가 감정을 읽기 어려운 미소를 지으며 바네사에게 다짐을 받았다.

'내 사정에 따라 임시변통으로 남을 잘라버리는 정치를 하고 이번에도 내 사정에 따라 잘라버린 사람을 궁지에 이용한다. 최악의 행동이라는 건 나도 알아.'

크리스티나는 입술을 깨물었다.

이 얼마나 어리석고 비열하고 꼴사나운 상황이란 말인가.

자업자득이라 할 수 있는 궁지에 빠지자 왕립학원에서 열등하다고 괴롭힘 당하던 소년이 학원에 있던 어느 누구보다 힘이 되어줬다.

누명을 쓰고 쫓겨난 인물이 초일류 마검 소유자로 성장해 이웃나라의 명예기사가 되고 귀족에게 주목받는 존재가 되었다.

아니, 당시부터 리오가 유능한 것은 자명한 사실이었다. 왕립학원 성적도 그렇고 검술 실력도 그렇고, 자기보다 열등해야 해야 한다는 벨트람 왕국 귀족 특유의 뒤틀린 편견이 그 유능함을 경시했다. 지금 이 상황으로 자신과 벨트람 왕국에 얼마나 사람 보는 눈이 없었는지 여실히 드러났다.

그래서 로다니아에 도착하면 더는 하루토의 힘을 빌릴

수 없었다. 앞으로는 하루토의 얼굴을 볼 때마다 과거의 죄가 마음 깊은 곳에서 얼굴을 내밀 것이다. 그것은 최소한의 속죄이자 자업자득인 업보였다.

하지만 그래도…….

"알겠습니다. 하지만…… 마지막으로 이 말만 올릴 수 있게 해주십시오."

바네사가 잔뜩 망설이다가 말했다.

"뭔데?"

"저는 그래도 아마카와 경과 아가씨들의 능력이 앞으로 크리스티나 님께 필요하다는 생각이 듭니다. 그의 과거를 파헤칠 필요 없다고 하셨는데 그러면 하다못해 하루토 아마카와인 그의 힘을 얻는 것은 어떠십니까."

"그러려면 먼저 신뢰를 얻어야 해."

신뢰는 없는 정도가 아니라 마이너스 상태였다. 과거에 벨트람 왕국이 리오에게 저지른 일이 사라질 리 없으니까. 크리스티나는 고운 얼굴을 살짝 찌푸렸다.

"쉽지 않은 일이라는 것은 압니다. 하지만 앞날을 생각하면 따지고 있을 시간이 없습니다."

"그래……. 그 말이 맞아. 생각해둘게. 절대로 주제넘게 이상한 짓 하지 마."

크리스티나가 고개를 끄덕이고 담박하게 말했다.

"분부대로 하겠습니다."

크리스티나가 썩 내켜하는 것 같지는 않았지만, 바네사

는 머리를 깊게 숙였다. 그리고 생각했다. 크리스티나 님은 리오라는 소년에게 빚이 있다고 느끼지는 않으시는지.

'확실히 배려는 아니었어.'

그러나 타산적인 행동도 아니었다.

하루토 아마카와의 과거를 파헤치지 않는 이유 중 타산적인 행동이라는 것은 본인 말처럼 큰 비중을 차지하는 것 같지 않았다. 타산적으로 행동한다면 바네사가 제안한 것처럼 리오의 과거를 건드리지 않고 하루토 아마카와의 힘을 빌리려고 적극적으로 움직이면 됐다.

그런데도 크리스티나가 하루토의 힘을 빌리는 데 소극적인 것은 한 개인으로서 리오에게 빚이 있다고 생각해서가 아닐까. 하루토 아마카와가 리오와 동일인물일지도 모른다는 것을 알고 손바닥 뒤집듯 힘을 이용하기를 꺼려했다.

그러나 왕족으로서는 알고 있을 것이다. 하루토와 친해져야만 한다는 것을. 그래서 이러지도 저러지도 못 했다.

'내가 할 수 있는 게 있으면 좋을 텐데…….'

바네사는 기억을 돌이켜보며 예전에 리오와 말을 나눴을 때를 떠올렸다. 그러나 말을 나눈 것은 슬럼가에서 처음 만났을 때와 성으로 연행할 때, 그리고 샤를에게 고문당한 후 정도였다.

——만지지, 마…….

이것이 리오에게 들은 마지막 말이었다. 고문당한 지하실에서 기절하기 직전에 내민 손을 뿌리치며 한 말이 인상에 남았다.

'나도 싫어하겠구나…….'

여기까지 오게 된 경위를 생각하면 당연한 일이었다. 바네사는 자학하며 입가를 일그러뜨렸다.

◇ ◇ ◇

리오 일행은 한 시간 정도 장을 보고 숙소로 돌아갔다. 아직 저녁을 먹기에는 이른 시간이었지만, 새벽부터 크레이아를 떠난 뒤 물 이외에는 아무것도 먹지 않아서 바로 조리에 들어갔다.

메인 요리는 리오와 오피아가 맡았다. 세리아와 사라, 아르마도 도우면서 여관 주방에 다섯 명이 복작복작 모였다. 한 시간 정도 지나 완성한 요리를 6인실로 옮겼다.

6인실 테이블에 음식 놓을 자리가 부족해서 3인실에서 테이블을 가져왔다. 그래도 조금 부족한 감이 있었지만, 어떻게 음식을 다 올려놓기는 했다.

의자와 침대를 이용해 모두 테이블에 둘러앉았다.

"요리가 무척 본격적이군요……."

크리스티나가 테이블 가득한 요리 가짓수를 보고 눈을 크게 떴다.

메인요리는 소고기를 듬뿍 넣은 스튜, 씹는 재미가 있는 단단한 빵, 감자와 베이컨, 치즈를 넣은 폭신한 오믈렛에,

찌고 구운 흐물흐물한 채소로 만든 따뜻한 샐러드……. 군침 도는 좋은 냄새가 났다. 빵은 기성품을 샀지만, 다른 음식은 전부 직접 만들었다.

"다 같이 만들었습니다. 입에 맞으실지 모르겠습니다만, 드세요."

리오가 대표로 말했다.

꼬르륵, 배에서 소리가 났다. 사람이 많아서 어디서 난 소리인지 분간이 안 됐지만, 크리스티나의 표정이 살짝 굳었다.

"배고프네요. 자, 식기 전에 먹죠."

리오가 일부러 배를 누르며 가까이 있던 의자에 앉았다. 실제로 지친 몸이 공복을 호소했다.

크리스티나는 눈을 깜빡이고 리오를 쳐다보았다.

"네, 잘 먹겠습니다."

사라도 어서 먹고 싶은지 기분 좋게 고개를 끄덕이고 리오 옆에 있는 의자에 앉았다. 그것을 시작으로 다른 사람들도 가까이 있는 의자에 앉았다.

"잘 먹겠습니다."

코우타와 레이가 두 손을 모으고 말했다.

"잘 먹겠습니다."

다른 사람들도 익숙하게 말했다.

"여러분도 먹기 전에 그 인사를 하시는군요. 세리아 선생님까지."

크리스티나가 관심을 보였다.

"코우타와 레이가 있던 세계에서 온 아이에게 배웠습니다."

세리아가 웃으며 말했다.

"혹시 연회 때 아마카와 경과 함께 있던……."

크리스티나가 이번에는 리오를 보며 물었다.

"네, 미하루 씨입니다."

"그러셨군요. 그러면 저도…… 잘 먹겠습니다."

크리스티나가 굳은 입가를 살짝 풀고 따라했다. 바네사도 따라하자 드디어 모두 먹기 시작했다.

"와, 스튜 진짜 맛있어."

"오, 정말이네. 성에서 먹은 것보다 맛있지 않아요?"

코우타와 레이가 음식을 입에 대더니 눈을 번쩍 떴다.

"스튜는 리오 씨와 오피아가 특히 심혈을 기울여 만들었습니다."

"빵을 적셔 먹으면 맛이 배고 부드러워져서 맛있어요."

사라와 아르마가 말했다.

"아…… 정말 그러네. 맛있어, 엄청 맛있어! 맛있어!"

코우타가 재빨리 빵을 작게 뜯어 숟가락에 올리고 스튜에 넣었다. 딱딱한 빵이 스튜를 듬뿍 흡수하길 기다려 한 입. 안 그래도 배가 고팠는데 맛까지 좋아서 입이 행복했다.

"갑자기 이렇게 맛있는 걸 먹으면 몸이 놀랄 텐데."

레이도 씩 웃으며 스튜 적신 빵을 우물우물 씹었다.

"이 달걀 요리도 훌륭하네요. 맛이 진하고 달걀도 탱글 탱글⋯⋯."

크리스티나가 오믈렛을 먹고 웃음이 날 뻔했는지 얼굴 근육이 진정되길 기다렸다가 말했다.

"그건 세리아 씨도 같이 만든 거예요."

오피아가 방긋 웃으며 말했다.

"세리아 선생님도 요리를 잘하시는군요."

크리스티나가 감탄하는 눈빛을 보냈다.

"결혼식에서 도망친 뒤에 하루토에게 배우기 시작했습 니다. 아직 어려운 건 맛있게 만들지 못 하지만, 달걀 요리 는 나름 자신이 있어요."

세리아가 조금 쑥스러워하며 말했다.

"훌륭해. 모든 요리가 성 주방장이 만든 것이라 해도 손 색이 없어. 이 샐러드, 인가? 샐러드를 가열해서 드레싱을 뿌려 샐러드처럼 만든 것이 참으로 신선하군. 아삭아삭하 지는 않지만, 맛이 배여 좋아."

바네사가 입맛을 다시며 힘줘 말했다.

"그건 따뜻한 샐러드입니다. 부드러우니까 소화가 잘될 것 같아서 만들어봤습니다. 약한 불로 오래 쪘어요."

리오가 설명했다.

"스튜와 달걀 요리도 그렇고 어디서 이런 요리법을 배우 셨습니까? 뭐라고 해야 하나⋯⋯ 지금껏 접하지 못한 맛 이군요."

크리스티나가 관심을 보이며 물었다.

"옛날부터 요리를 좋아해서 각지를 돌아다니며 배웠습니다. 최근에는 미하루 씨가 다양한 레시피를 가르쳐줬어요. 코우타 씨와 레이 씨가 계셨던 세계는 여기보다 음식 문화가 발전한 것 같더군요."

리오가 코우타와 레이를 보았다.

"너희도 요리를 잘해?"

크리스티나가 감탄하며 두 사람을 보았다.

"하하, 할 줄 알면 성에서 써먹고 지하실에서 보존식량을 맛있게 요리했겠죠……."

"자랑은 아니지만, 먹는 건 잘합니다."

코우타도 레이도 요리는 영 아닌 모양이었다.

"이 요리에서 그리운 맛이 나는 이유를 알겠네요. 요리를 잘하는 저쪽 세계 아이가 있었군요."

입에 맞을 수밖에, 코우타가 이해했다.

"부러워……."

레이가 부러운 마음을 담아 절실하게 말했다.

"너희와 함께 두 여자아이가 소환됐었지. 그들도 요리를 못 하나?"

바네사가 코우타와 레이를 보며 물었다.

"아, 네. 예전에 아카네…… 한 명이 만든 건 먹어본 적 있어요."

코우타가 메마른 미소를 지으며 대답했다.

"우리 나이 때는 대부분 부모님이 만들어주니까 오히려 할 수 있는 사람이 적죠. 취미가 아닌 한은."

레이가 스튜를 보며 코우타에게 동의했다.

"어쨌든 맛있는 음식을 먹게 되어 감사할 따름이야. 오늘 쌓인 피로가 날아가네요, 크리스티나 님."

바네사가 만족스럽게 크리스티나를 보았다.

"지하실에서는 보존식량을 데워 먹는 게 고작이었으니까. 오랜만에 음식다운 음식을 먹겠어."

크리스티나가 웃으며 고개를 끄덕였다.

저녁식사 시간은 평화롭게 지나갔다. 내일을 위해 빨리 잠자리에 들어 다음 날 새벽에 여관을 떠나 동쪽으로 출발했다.

◇ ◇ ◇

크레이아를 떠난 다음 날. 리오 일행은 어젯밤에 머문 여관을 뒤로하고 도시를 떠나 동쪽으로 가는 중이었다.

"오늘은 영지 경계에 있는 관문을 지나갈 건데 검문을 엄격하게 할지도 모르니 가도를 벗어나 숲으로 가죠."

머물렀던 도시를 떠나 몇 시간 정도 걸어 옆, 옆에 있는 소도시를 통과하자 리오가 지도를 보며 제안했다.

"음, 알겠다."

바네사가 제일 먼저 군인답게 대답하자 다른 사람들도

고개를 끄덕이고 대답했다.

"어제도 숲속을 지나갔지만, 우리가 안고 이동한 거니까요. 숲속은 땅이 거칠어서 이동이 느려지고 마물이나 짐승과 마주칠 수도 있으니 제 지시를 따라주세요. 이동 중에는 근접전 타입인 저, 사라 씨, 아르마 씨, 바네사 씨가 주위를 에워싸고 다른 사람들은 그 안으로 들어갑니다. 마물이나 짐승이 덤비면 제가 공격할 테니 그동안 바네사 씨가 지휘해주세요. 오피아 씨는 제가 빠진 자리를 채우는 형식으로 전방 경계를 부탁해도 될까요?"

리오가 숲속에서 주의할 점을 간단하게 지적하고 바네사와 사라와 오피아를 보았다.

"알겠다, 맡겨줘." "알겠습니다."

바네사와 오피아가 대답했다. 그 후, 그들은 가도 주변에 인기척이 없는 것을 확인하고 숲속으로 들어갔다.

마물이나 짐승이 말소리에 이끌려올 수 있어서 침묵이 이어졌다. 쉬기 적당한 시냇물을 발견해 근처에서 잠깐 쉬기로 했다.

"피, 피곤해……. 길에서 걷는 거랑 전혀 다르네."

레이가 한숨을 내쉬고 적당한 바위에 앉았다. 여차할 때 싸워야 하는 리오 일행 대신 코우타와 함께 짐을 맡겠다고 제안한 것도 피곤한 원인이었다. 등에 보존식량을 가득 담은 배낭을 멨다.

"아직 낮인데 어두컴컴하고 서늘하고…… 뭔가 꺼림칙

하네요."

코우타가 주위를 둘러보며 레이에게 대답했다. 어제 리오에게 안겨 숲을 이동할 때는 너무 빨라서 생각할 여유가 없었고 숲을 나오기 직전에 잠깐 쉬었던 샘은 하늘이 트여서 밝았다. 샘을 떠난 몇 분 뒤에 숲 밖으로 나왔으니 아직 숲이 신기한 모양이었다.

"길이 없어서 걷기 힘들고 헤매게 되지. 아마카와 경이 말했듯이 마물이나 짐승에게 공격당할 수도 있다. 일부러 가도를 벗어나 숲으로 들어오는 사람은 없으니 꺼림칙할 법도 해. 숲속에 들어오는 건 지금 우리처럼 남의 눈을 피하고 싶은 사람뿐이니까."

바네사가 코우타와 레이의 대화를 들었는지 웃으며 말했다.

"음, 그러면 적국 군대에게 들키지 않게 숲으로 진입하면 되지 않아요? 숲의 위험성만 어떻게 하면."

레이가 의문을 꺼냈다.

"훈련이 충분하지 않은 병사도 섞인 대규모 부대로는 힘들지. 마물이나 짐승이 공격했을 때, 가도보다 피해가 크고 길이 없으면 물자를 옮길 마차가 다니지도 못 해. 실력 있는 소규모 부대는 못 할 것도 없겠지. 하지만 적국 땅을 잘 알지도 못 하는데 밑조사도 없이 숲에 돌입하는 건 너무 위험해."

바네사가 망설이지 않고 대답했다. 지휘관 교육을 받은

모양이었다.

"으음, 전장 같은 데서 숲을 지나 기습할 수 있지 않을까 했는데 소설처럼 잘 풀리지는 않는군요."

"나쁘지 않은 생각이다. 실제로 전장에서 적군과 맞닥뜨렸을 때, 숲을 우회해 뒤에서 기습하는 것은 전쟁에서 흔히 쓰는 방법이니까. 밑조사를 하고 반드시 숲을 빠져나갈 수 있다면 무척 효과적인 기습이 될 거다. 기책이 될지 우책이 될지 알아보는 게 중요해."

"그렇군요, 하나 배웠어요."

레이가 흠 소리를 내며 받아들였다.

'그러고 보니 왕립학원 야외연습 때 길을 벗어나 숲에 들어갔었지.'

리오는 지금 대화를 듣고 옛날 일을 떠올렸다. 미노타우로스가 나타나고 리오는 누명을 써서 벨트람 왕국을 떠나기로 결심하게 된 사건이었다.

지휘관 역할을 맡았던 알폰스가 유그노 공작의 아들인 스튜어드의 말을 듣고 길을 벗어나 숲으로 가자고 한 것이 계기였다.

그 결과, 보기 좋게 미아가 되었고 마물에게 공격당해 점점 감당할 수 없어지자 패닉에 빠져 플로라가 절벽에서 떠밀리는 사태가 벌어졌다.

'그건 정말 놀라울 만큼 전형적인 우책이었어.'

지금은 별것도 아닌 일이라서 리오는 피식 웃었다.

"응……?"

시선을 느끼고 고개를 돌렸다. 물통을 든 크리스티나가 바위에 앉아있었다. 리오와 눈이 마주치자 시선을 피했다.

"잠깐 나무에 올라가서 지금 있는 곳과 방향을 확인하고 올게요. 숲 경계까지 얼마나 남았는지 보고 점심을 먹을까요?"

리오는 무언가 생각하듯이 머리 위를 우러러보더니 그 말을 남기고 가볍게 나무를 올랐다.

◇ ◇ ◇

나무에 오른 리오는 관문을 우회해 숲 밖으로 나가기까지 거리가 얼마 안 남은 것을 확인하고 지금 점심을 해치우기로 했다.

여행 중의 끼니는 기본적으로 휴대식량, 즉 보존식량으로 때웠다. 몇 주, 몇 개월 보존할 수 있는 반면, 너무 짜거나 말라서 퍼석퍼석한 등 맛은 좀 떨어졌다.

"그냥 먹으면 별로니까 간단하게 손 좀 써볼까요."

리오가 제안했다.

"좋아요. 뭘 만들까요?"

요리를 좋아하는 오피아가 물었다.

"계속 이동해야하니 소화가 잘 되는 걸로 하죠. 어제 보리도 샀으니까 그걸 만들려고요."

"보리…… 아, 그거요?"

오피아가 눈을 깜빡이다가 뭘 만들려는지 알아차렸다.

"뭘 만들 거야?" "도울게요."

세리아와 사라, 아르마가 다가왔다.

"힘쓰는 일밖에 못하지만, 저희도 할 수 있는 게 있다면 돕겠습니다."

바위에 앉아있던 코우타와 레이가 얼굴을 마주 보고 일어났다. 크리스티나와 바네사도 다가왔다.

"까다로운 요리는 아니니까 여러분은 쉬고 계세요. 코우타 씨와 레이 씨는 짐을 옮기느라 힘들잖아요. 오피아 씨와 세리아 님이 조금만 도와주시면 됩니다."

리오가 크리스티나와 바네사 앞에서 이번에도 세리아를 세리아 님이라고 불렀다.

"으, 응. 알았어. 뭐할까?"

세리아는 좀체 익숙해지지 않는지 낯간지러워했다.

"마법으로 물을 만들어주시고 바닥 좀 손봐주세요."

마찬가지로 크리스티나와 바네사 앞에서 정령술을 쓸 수는 없으니 마법 실력이 뛰어난 세리아에게 부탁했다.

"아, 그런 거. 응, 알았어."

세리아가 자신 있게 고개를 끄덕였다. 평소에는 정령술사인 리오 일행의 실력이 너무 탁월해서 마도사로서 면이 안 섰는데 이 기회에 공헌하게 되어 기쁜 모양이었다.

"그러면 세리아 님, 조리대를 만들어주시겠어요?"

일단 요리할 공간부터 확보해야 했다. 없어도 요리할 수 있지만, 있고 없을 때의 효율이 크게 달랐다.

"응, 둘 다 만들게. 기다려봐. 음, ≪어스 월≫."

세리아는 근처 바닥에 손을 대고 주문을 외웠다. 그러자 앞바닥에 마법진이 떠오르고 땅이 네모나게 솟아올라 평평하고 깔끔한 조리대가 되었다.

"이렇게 깔끔하게 조리대를 만들다니 역시 선생님이십니다."

옆에서 지켜보던 크리스티나가 무척 감탄했다.

정령술만큼 자유롭지는 않지만, 어스 월은 사용자가 마력을 제어해 크기, 모양, 강도, 내구성을 어느 정도 조정할 수 있었다.

세리아의 조리대처럼 만들기는 간단해 보이면서 어려웠다. 애초에 전투용 마법이었다.

마법과 마술은 술식이라는 프로그램으로 발동하기 때문에 만들 수 있는 현상에 큰 제약이 있는데 제약 범위 내에서 가능한 한 자유롭게 현상을 조종할 수 있는 것은 세리아의 마력 제어력이 그만큼 빼어나기 때문이었다.

"감사합니다. 이래봬도 크리스티나 님의 강사였으니 멋진 모습도 좀 보여드려야하지 않겠어요?"

세리아가 수줍게 말했다. 크리스티나는 작업에 관심이 있는지 떠나지 않고 지켜봤다.

리오는 그 사이에 바닥에 세워둔 배낭으로 다가가 냄비

를 묶은 줄을 풀었다.

"세리아 님, 이 냄비에 물을 넣어주시겠어요?"

리오가 조리대를 설치한 시냇가로 냄비를 가져와 세리아에게 부탁했다.

시냇물을 써도 되지 않나 싶지만, 동물 배설물이나 녹조, 모르는 성분이 물에 녹아 있을 수 있어서 얼핏 보면 깨끗해 보여도 바로 마시기에는 적합하지 않았다. 그래서 설사나 전염병을 피하기 위해서라도 끓이는 게 기본인데 마법으로 만든 물은 무조건 안전하니 동료 중 마법사가 있을 때는 물을 만드는 게 나았다.

"응. 알겠는데…… 세리아 님이라고 그만 부를래? 너무 창피해. 익숙하지가 않아서 그렇게 부를 때마다 닭살 돋아."

세리아가 불만스럽게 입을 내밀고 부탁했다.

"그러면 뭐라고 부르죠?"

리오가 크리스티나를 의식하며 난처한 얼굴로 물었다.

"뭐라고 부르지……."

세리아는 말문이 막혀 끙끙댔다.

리오는 세리아를 '선생님'이라고 불렀다. 그러나 크리스티나와 바네사 앞에서 '선생님'이라 부를 수는 없었다.

"그, 그냥 이름으로 불러. **평소처럼.**"

세리아가 얼굴을 붉히고 상기된 목소리로 말했다. '선생님'이라 부르면 안 되니 이름으로 부르는 수밖에 없었다.

그렇다. 이름으로 부르는 수밖에 없었다.

어쩔 수 없다.

'세실리아'라는 가명을 쓸 때는 리오도 '세실리아'라고 이름으로 불렀으니 본명을 쓰는 지금도 '세리아'라고 부르면 아무 문제없었다.

없을 것이다. 괜히 부끄럽긴 하지만……. 세리아는 점점 부끄러워졌다.

"평소처럼요? 하지만……."

리오가 크리스티나를 힐끗 보고 주저하며 말했다. 소거법으로 이름을 부르는 수밖에 없다는 건 이해가 되지만, 타국 왕족 앞에서 그 나라 귀족을 이름으로 불러도 될까?

성격이 진지해서 그런지 쓸데없는 생각을 하고 말았다.

"저 때문에 일부러 예의 차리실 필요 없습니다. 평소대로 하세요."

크리스티나가 리오의 심정을 헤아리고 말했다.

"알겠습니다. 그러면 세리아. 물을 부탁드려요."

그 말에 리오가 작게 탄식하듯 긍정하고 세리아를 존칭을 생략하고 불렀다.

"으, 응. 알았어."

막상 듣고 보니 부끄러운지 세리아가 뺨을 붉히고 딱딱하게 고개를 끄덕였다. 하지만 입은 웃고 있었다.

"으음……."

한편, 사라 일행은 아무 말 하지 않았으나 비겁하다는 눈빛을 보냈다. 그들을 보고 크리스티나 일행은 남몰래 호

기심어린 시선을 던졌다.

"그, 그럼 물을 만들게. ≪크리에이트 워터≫."

세리아가 냄비 위로 손을 뻗고 주문을 외웠다. 단순한 생활용 마법인 이 마법은 그냥 물만 만드는 용도로 쓰였다.

세리아의 손끝에 작은 마법진이 떠오르고 수도꼭지를 연 것처럼 물이 쏟아져 나와 시냇물에 섞였다.

"잠깐 그러고 계세요."

리오는 냄비를 가볍게 씻고 물을 한가득 받았다. 10초 만에 충분한 물을 받았다.

"감사합니다. 이제 저와 오피아 씨가 맡을 테니 세리아는 식탁과 의자로 쓸 만한 토대를 만들어주실래요? 끝나면 쉬시고요."

"응, 알았어!"

세리아가 기분 좋게 고개를 끄덕이고 잰걸음으로 달려갔다.

"시작할까요? 오피아 씨."

리오가 그 모습을 흐뭇하게 바라보고 오피아에게 말했다.

"네. 저도 편하게 부르셔도 돼요, 하루토 씨."

오피아가 짓궂게 웃으며 리오에게 말했다.

"그러면…… 오피아 씨도 세리아처럼 저를 편하게 부르면 생각해볼게요."

리오가 살짝 눈을 크게 뜨고 웃으며 대답했다.

"아…… 그건 좀 창피하네요."

오피아는 자기가 리오를 편하게 부르는 장면을 상상했
는지 수줍게 에헤헤 하고 웃었다.

"만들까요?"

"네."

리오의 제안에 오피아가 순순히 고개를 끄덕였다.

리오는 다시 배낭으로 가서 얇고 가벼운 금속판 두 장을
꺼냈다. 표면에 똑같은 술식이 새겨져있었다. 그것을 세리
아가 만든 조리대 위에 놓고 냄비를 한쪽 위에 놓았다.

판 주위에 마석 몇 개를 두자 술식이 마석의 마력을 흡
수해 빛을 띠며 열을 방출하기 시작했다. 이 판은 화로 대
신 쓰는 마도구로 마석 수를 조정해서 세기를 조작했다.
이제 배낭에서 프라이팬과 식자재를 꺼내면 조리 준비는
끝난다.

우선 프라이팬에 식용유와 향신료, 이동 중에 숲에서 딴
식용 버섯을 찢어 넣었다. 버섯이 숨이 죽으면 칼로 썬 육
포도 조금. 육포의 감칠맛이 버섯에 적당히 배면 불을 끄
고 내용물을 접시에 담았다. 이것의 반으로 오피아가 수프
를 만들었다.

리오는 빈 프라이팬에 버터와 잘게 썬 양파를 넣고 숨이
죽을 때까지 볶은 다음 보리를 넣고 더 볶았다.

"대단해. 정말 익숙하시군요. 무엇을 만드십니까?"

조리를 지켜보던 크리스티나가 감탄하며 리오에게 물었다.

"이건 죽 요리의 하나입니다."

"죽이요?"

리오가 대답하자 크리스티나가 고개를 갸웃거렸다.

"귀족 분이 드실 요리는 아니라 모르실 수도 있습니다. 이렇게 납작보리를 기름에 볶고 물을 넣어서 끓이는 거예요."

"향이 좋군요. 식욕을 돋워요."

크리스티나가 살짝 냄새를 맡고 웃었다.

보리가 적당히 뜨거워지자 알코올을 조금 넣고 날아갈 때까지 볶았다.

어제 여관에서 스튜를 만들 때 같이 만들어서 용기에 담아둔 고형 육수 조각을 넣고 냄비에 끓인 물을 부어 십여 분 정도 끓였다.

'뭐지…… 이상하게 거리가 가까운데.'

아까부터 어중간한 위치에서 조리를 지켜보는 크리스티나의 시선이 조금 불편했다.

'관찰하는 것 같지는 않은데.'

굳이 따지자면 조심스럽다고 해야 하나, 안색을 살피는 시선이었다.

'들켰나? 그렇다면 빈틈을 안 보일 텐데…….'

리오는 왕립학원 시절에 새침했던 크리스티나를 떠올렸다.

'분위기가 많이 바뀌었어. 언행도 옛날보다 부드러워졌고.'

그때는 항상 뚱하다고 해야 하나, 철저히 거리를 뒀다. 재학기간 동안 한 번도 말을 섞지 않았다.

'가까이 있으니까 느낌이 이상하네.'

싫지는 않지만, 옛날 이미지가 강해서 위화감이 들었다. 대체 왜 지금 이렇게 가까이에서 자신을 살피는 것일까?

생각해봐도 모르겠다. 생각한다고 답이 나올 문제가 아니라 묵묵히 눈앞에 있는 요리에 집중하기로 했다.

마침 보리가 적당히 수분을 머금었다. 더 끓기 전에 불을 끄고 아까 그릇에 옮긴 버섯과 육포를 다시 프라이팬에 넣었다. 잘 섞으며 소금과 후추로 간을 맞추고 잘게 썬 치즈를 넣어 섞으면…….

"다 됐습니다."

보리 치즈 리조토가 완성됐다.

"저도 완성했어요."

오피아도 수프를 완성했다. 냄비에서 식욕을 돋우는 좋은 냄새가 났다. 치즈 리조토에 버섯과 채소 수프. 여행 중에 야외에서 먹는 요리로는 충분하고도 남았다.

리오가 요리하는 동안, 세리아가 주도해 멋진 식사 공간도 만들었다. 식탁과 인원에 맞는 의자를 만들었다.

냄새에 이끌렸는지 사람들이 속속 모였다.

"우와, 이거 리조토잖아요! 무슨 곡물로 만드셨어요?!"

코우타가 눈을 반짝이며 물었다.

"보리요."

"'보리', 그렇구나. 그런 방법이 있었구나……."

"'보리'가 있었군요?"

리오의 대답에 코우타와 레이가 당황했다. 다른 전이자

처럼 쌀이 그리웠던 모양이었다. 참고로 코우타의 '보리'는 이 세계의 말이었지만, 레이의 '보리'는 일본어 발음이었다.

"보리?"

크리스티나가 물었다.

어색한 말에 고개를 갸웃거렸다.

"곡물의 한 종류입니다. 코우타 씨와 레이 씨의 세계에는 '쌀'이라는 곡물을 주식으로 먹는데 '보리'와 비슷해요. 식감과 맛은 '보리'와 다르지만, 비슷한 조리법으로 비슷한 요리를 만들 수 있습니다."

리오가 크리스티나에게 보리밥을 설명했다.

"잘 아시네요……. 아, 그렇지. 미하루 씨가 말해줬겠군요."

코우타가 눈을 동그랗게 뜨더니 바로 이해했다.

"네. 일부지만, 슈트랄 지방에서 재배하는 곳도 알아요. 지금은 없지만, 나중에 기회가 생기면 만들어드릴게요."

"저, 정말요?!"

코우타가 힘차게 매달렸다.

"네. 일단 지금은 보리 리조토로 참아주세요. 모처럼 만들었으니 따뜻할 때 먹죠."

리오가 흐뭇해하며 맞장구 치고 식사를 권했다.

"참아달라니요, 엄청 맛있어 보여요! 빨리 먹고 싶어요!"

"응, 냄새가 대박이야."

코우타와 레이가 조마조마하며 말했다.

식기를 준비하고 먹기 시작하자…….

"마, 맛있어!"

"으아아. 치즈가 엄청 진해."

리조토를 아는 코우타와 레이가 절찬했다. 한 입 먹고 소감을 말하더니 정신없이 숟가락을 움직였다.

"치즈가 이렇게 맛과 풍미가 깊은데 전혀 끈적이지 않다 니 놀랍습니다."

크리스티나도 우아하게 숟가락을 입으로 가져가더니 놀 라서 눈을 깜빡이며 말했다.

"수분을 흡수할 때 생기는 보리 냄새를 없애려고 보리를 볶을 때 알코올을 넣고 날렸습니다. 볶은 보리에 수프를 머금게 하고 마지막에 치즈를 넣는 걸 추천해요. 치즈 맛 과 풍미를 잘 응축할 수 있습니다."

리오가 레시피를 설명했다.

"미리 식자재에서 필요하지 않은 풍미를 빼고 더하고 싶 은 맛을 더하는군요. 좋은 생각이에요. 정말, 맛있습니다."

크리스티나가 감탄하며 리조토를 한 입 더 떠서 천천히 맛보았다. 그 입가에 아주 조금 씁쓸하고 허무한 미소가 떠올랐다.

벨트람 왕국과 리오 일행이 있는 지점보다 동쪽에 있는 가르아크 왕국으로 가는 가도에 있는 역참마을.

산으로 둘러 싸였고 가도가 골짜기를 지나서 우회하기 어렵다. 인구 2백 명 남짓의 이 마을은 다른 루트를 선택할 여지없이 무조건 가도를 지나야 하는 사람들로 북적였다.

리카 상회도 이곳을 수송 루트로 이용했다. 마을에는 적어도 인구 세 배 이상의 사람이 머물렀고 모험가도 많았다.

가도를 따라 뻗은 대로 양 옆으로 여관이 수두룩하고 술집도 있었다. 그 중 몇몇 술집에 친숙한 모험가끼리 모이면서 자연스럽게 술집마다 마을에 머무는 모험가 파벌이 생겨나 세력을 키웠다.

"캬아! 일 끝나고 마시는 맥주는 끝내준다니까! 애들아, 오늘은 내가 쏜다. 맘껏 마셔!"

"값싼 맥주뿐이지만!"

"무슨 소리야. 싸서 좋은 건데!"

"예쁜 여자라도 있으면 최곤데. 여기는 못생긴 사내놈들뿐이니."

"남 말 하시네!"

마을에서도 오래된 모험가들이 모이는 이 술집에는 아직 밝은 데도 천박한 웃음소리가 날아다녔다.

"으응?"

그때, 술집 문이 천천히 열렸다. 가게 안에 있던 모험가들의 시선이 문으로 쏠렸다.

모험가 차림의 30대 초반 남자가 들어왔다. 레이스의 지시를 받고 이 마을을 들른 알레인이었다. 후드 달린 망토를 뒤집어쓰고 가죽갑옷을 입었으며 허리에는 검을 찼다.

"처음 보는 얼굴인데."

모두에게 술을 쏘겠다던 덩치 크고 험상궂은 남자가 중얼거렸다. 처음 보는 모험가가 드물지는 않지만, 이 술집은 이 마을을 거점으로 활동하는 오래된 모험가들이 모이는 곳이었다.

그들 같은 모험가는 좁은 사회에서 힘을 생업으로 살기 때문에 '얕보이면 진다'든가 '센 놈이 최고'라는 원시적인 가치관을 지녔다. 그래서 그들의 집합소에 새 모험가가 어슬렁거리면…….

"너 뭐야?"

적어도 호의적이지는 않았다. 취기 때문에 대담해져서 일단 위협하며 다가가 상대의 반응을 살폈다. 건방지게 나오면 적당히 때려눕혀서 자기 위치를 알려주고 무슨 일로 왔는지 확인하기로 했다.

아무것도 모르고 술집에 오는 운 나쁜 녀석이 가장 많았다. 다음으로는 토착 모험가와 가까워지고 싶어서 인사하러 오는 진드기 같은 놈. 그리고 거의 없지만, 일부러 싸움을 걸러 오는 멍청한 놈. 대부분 이 셋 중 하나였다. 아무 것도 모르고 왔으면 들어오자마자 귀찮아질 것을 예상하고 돌아나갔을 터였다.

"주인장, 고기요리와 맥주 부탁해."

알레인은 카운터에 있는 가게주인에게 당당하게 주문했다. 그 순간, 술집에 있던 남자들의 눈빛이 험악해졌지만, 알레인은 주위 시선에 아랑곳하지 않고 카운터 자리에 앉았다. 그리고 공손하게 대동화 3장을 카운터에 놓았다.

"그러지."

주인은 성가신 일이 벌어질 것을 예감하고 한숨을 내쉬며 고개를 끄덕였다. 돈을 지불했으니 손님이었다. 주문한 것을 준비했다.

"……."

술을 쏘겠다던 덩치 큰 남자가 말없이 일어나 알레인 뒤로 다가갔다. 다른 모험가 몇 명도 재미있어하며 따라갔다.

"여, 형씨. 배짱 좋은데. 처음 왔으면서 우리한테 인사도 않고 주문하다니. 대체 무슨 생각이야?"

양 옆 빈자리에 털썩 앉아 알레인을 둘러쌌다. 술을 쏘겠다던 덩치 큰 남자가 도발적으로 웃으며 말하고 알레인의 어깨에 손을 둘렀다.

"이 술집에 활기차고 실력 좋은 모험가가 모인다고 들어서."

알레인이 당당하게 대답했다.

"호오……. 용건이 뭐야?"

덩치 큰 모험가가 눈을 가늘게 뜨며 물었다.

"현상금 걸린 지명수배범 찾기."

알레인이 종이 한 장을 꺼냈다. 얼굴도 이름도 없지만, 수배범들에 관해 자세히 묘사되어 있었다.

"그, 금화 5백 장?!"

현상금 액수를 보고 남자들이 눈빛이 변했다. 당연했다. 그만큼 있으면 술도 여자도 마음대로. 앞으로 10년은 일하지 않고 화려하게 놀며 지낼 수 있었다.

"이봐, 지서(支署)에 이런 수배서 있었어?!"

덩치 큰 모험가가 술이 깼는지 다른 모험가들을 둘러보며 물었다.

"있었어?" "아니, 몰라."

수배서를 아는 사람은 아무도 없었다.

이런 수배서가 발행된 줄 알았더라면 이런 시간부터 술을 마실 리 없었다.

"당연하지. 어제 크레이아에서 발행된 거니까. 이런 변두리 마을에 수배서가 오려면 아직 멀었어."

알레인이 소리 높여 말했다.

"어이, 잠깐. 어제 크레이아에서 발행됐다고? 크레이아는 크렐 백작령의 영도잖아. 거기부터 여기까지 걸어서 족히 일주일은 걸려. 그걸 어떻게 갖고 있지?"

덩치 큰 남자가 의아한 얼굴로 물었다.

"어느 거물 귀족이 날 고용했어. 이동용 그리핀을 빌렸지."

알레인이 태연하게 대답했다.

"아……."

이곳에 있는 모험가들은 직접 타본 적이 없어서 이동속도가 얼마나 되는지 몰랐지만, 그리핀을 타고 날면 하루만에 올 수 있을 것도 같았다. 금액이 크고 이야기도 갑작스러워서 동요가 컸지만, 말이 앞뒤가 맞다고 느꼈는지 입을 다물었다.

"이 수배서에는 생사를 묻지 않는다고 적혀있지만, 내 고용주는 생포하고 싶어 해. 수배범 중에 아는 사람이 있는 모양이야. 그래서 내가 심부름꾼으로 고용된 건데……."

알레인이 추가 정보를 밝히고 모험가들을 둘러봤다.

"나 혼자서는 부족해서 말이야. 수배범들이 지나갈 만한 곳을 몇 군데 찍어서 사람을 현지조달하고 있어. 어때? 나는 북쪽 도시에도 가야하는데 내가 없는 동안 수배범들이 이 마을을 지나가는지 찾아봐주겠어? 의뢰를 받아준다면 선금으로 이걸 주지."

알레인이 이어서 말하고 카운터에 대은화를 넣은 꾸러미를 놓았다.

"대은화……."

덩치 큰 남자가 꾸러미 안을 힐끗 들여다보고 중얼거렸다. 금화 5백 장이라는 현상금을 본 뒤라 임팩트는 적지만, 남자들에게는 큰돈이었다. 알레인에게는 푼돈이었지만…….

"의뢰내용은 수배범으로 보이는 사람이 이곳을 지나가는지 확인하는 것. 그쪽도 경계할 테니 순순히 인정하지 않을 거야. 사정을 설명하거나 추궁할 필요도 없어. 그들로 보이는 무리가 있었는지 가르쳐주기만 하면 돼. 며칠 뒤에 내가 돌아왔을 때 지나갔는지 가르쳐주면 추가금도 주지."

"호오……."

그래도 모험가들은 고개를 끄덕이지 않았다. 손해와 이득을 계산중이었다.

"시간이 없으니 의뢰를 받을 건지 바로 정해줘. 안 된다면 앞에 있는 도시에 가서 부탁할 거야. 의뢰를 받아준다면 이 수배서를 주지."

알레인이 수배서를 깨끗하게 접었다. 당연하지만, 이 마을에 똑같은 수배서는 존재하지 않았다.

"쳇, 협상을 잘하는구만. 좋아. 받아주지, 그 의뢰."

덩치 큰 남자가 가볍게 혀를 차고 기분 좋게 의뢰를 받겠다고 했다. 이렇게 보수 좋고 편한 일을 놓칠 수는 없었다.

"그럼 계약 성립이다."

알레인은 만족스럽게 활짝 웃었다.

가르아크 왕국 왕도 가르투크. 왕성 객실에 용사 사카타 히로아키가 머물고 있었다. 고급 소파 양옆에 플로라와 로아나를 끼고 구스타브 유그노 공작과 마주 앉았다.

　"히로아키 님, 연일 가르아크 왕국의 왕후 귀족과 친목을 위해 모임에 나가느라 지치신 것 압니다."

　유그노 공작이 깊이 머리를 숙였다. 모임 대부분은 맞선을 겸한 식사자리 혹은 차를 마시는 자리였다.

　"뭘, 접대 받는 몸이니까. 중간중간 쉬기도 했고 몸 상태는 아주 좋아."

　히로아키가 어깨를 으쓱하며 유그노 공작에게 대답했다.

　"정말 다행입니다."

　유그노 공작이 싱긋 웃었다.

　"흥, 당신이 그냥 내 건강을 확인하러 온 건 아니겠지. 무슨 말을 하러 왔어?"

　히로아키가 기분 좋게 코웃음 치고 다 안다는 듯이 본론을 물었다.

　"하하하, 히로아키 님께는 못 당하겠군요. 그러면 갑자기 죄송합니다만, 히로아키 님은 가정을 이룰 뜻이 있으십니까?"

　유그노 공작이 한바탕 웃고 진지한 표정으로 되물었다.

　"가정을 이룬다……. 결혼 말이야?"

　"그렇습니다."

"결혼……. 내가 있던 세계에서는 결혼하기엔 아직 이른데."

히로아키는 내키지 않은지 한숨을 내쉬었다. 일본에서 나고 자라 이제 열아홉 살밖에 안 된 그에게 결혼이라는 말은 무겁게만 들렸다.

"저도 이런 이야기는 본인의 뜻을 존중하고 싶고 성급하게 진행해서는 안 된다고 생각합니다. 지난번 연회로 히로아키 님의 존안과 성품이 널리 알려진 탓인지 제가 생각한 것보다 가르아크 왕국 영애들의 맞선 요청이 많이 들어오고 있습니다. 측실이라도 상관없으니 꼭 히로아키 님께 시집가고 싶다는 목소리도 많습니다. 그래서 최근에 그런 자리를 만들어드렸습니다만……."

유그노 공작이 그렇게 말하고 안색을 살피자 히로아키의 얼굴이 눈에 띄게 풀어졌다.

"그런 걸 줄 알았어. 아, 이렇게 인기 있고 싶지는 않았는데……."

말은 그래도 표정은 싫지 않는 모양이었다. 몹시 한탄스러워하며 고개를 가로저었다.

"제 힘이 미치지 못해 죄송합니다만, 그만큼 히로아키 님이 매력적이라는 뜻이겠지요."

"입 발린 말 하지 마."

히로아키가 점잔 빼며 말했다.

"하지만 사실이고 진심이기도 합니다."

유그노 공작은 입 발린 말이라는 것을 부정하지 않고 대놓고 히로아키를 치켜세웠다. 이렇게 진심을 숨기지 않는 점은 히로아키도 내심 높게 평가했다.

히로아키는 "훗" 하고 만족스러운 웃음을 흘렸다.

"그래서 당신도 내가 빨리 가정을 이뤘으면 좋겠어?"

유그노 공작이 노리는 바를 맞추려고 했다.

"처음 말씀드린 대로 히로아키 님의 뜻이 우선이니 성급하게 진행하지 않겠다는 것은 진심입니다. 다만, 앞으로도 히로아키 님과 혼인하길 원하는 영애가 늘어나면 혼담을 계속 무시할 수는 없으니 곤란한 것이 사실입니다."

유그노 공작이 몹시 난처해하며 한숨을 내쉬었다.

"흠……. 이 세계의 왕후 귀족은 몇 살 쯤에 결혼해?"

"남자는 빠르면 스물 전후부터 늦어도 서른 중반까지 결혼하는 것이 일반적이지요. 여자는 빠르면 10대 초반, 늦어도 스물 무렵이라고 생각하는 게 일반적입니다."

"흠. 내 나이에 결혼해도 부자연스럽게 이른 건 아니군."

히로아키는 흠흠 소리를 내었다.

"하지만 이곳에서 당장 혼인하기는 성급하고 한 번에 부인을 여러 명 고르기도 불편하시겠죠. 히로아키 님이 망설이시는 데는 이런 것도 영향을 미치리라 생각됩니다."

"그렇지, 뭐."

"그러면 우선 정실이라도 고르셔서 약혼하시는 것은 어떠십니까?"

유그노 공작이 그제야 어디까지 요구할지 선을 정했다.

"정실……."

히로아키가 얼굴을 살짝 찌푸렸다.

"역시 내키지 않으십니까?"

"아니, 정실이고 측실이고 표현이 좀……. 그거 자기 여자에게 번호를 매기는 거잖아? 나는 평등하게 대하고 싶고 순서에 얽매이고 싶지 않아. 신분이니 뭐니 귀찮은 규칙 같은 거 답답해 못 참겠어. 일반적인 왕후 귀족 집안에는 아내들 사이가 나쁘거나 측실은 떳떳하지 못 하다든가 하는 문제가 있잖아?"

"그런 예시가 적다고는 못 하겠군요."

유그노 공작이 씁쓸하게 웃으며 긍정했다.

"여자끼리 파벌 만들어서 남자를 둘러싸고 싸우는 거 싫어해. 결국 피해 보는 건 남자니까. 내가 그런 거 싫어하는 건 알지? 스트레스 쌓여."

"물론입니다."

"그래서 몇 가지 조건이 있어."

히로아키가 오른손 검지를 세웠다.

"무엇입니까?"

"하렘을 세우는 건 상관없지만, 누구를 내 신부로 삼을지는 기본적으로 내가 정한다. 물론 그쪽 의향도 묻기는 하겠지만, 시끄럽게 가르치려고 하지 말 것. 정실을 정해야 한다는 건 이해하지만, 서열은 없어. 내 마음에 든 여자를 내 마음대로 아끼는 데 불평하지 말 것. 내 아내가 된 여자를 이용해서 파벌싸움을 벌이지 말 것. 여기까지 필수 조건이야. 만약 이 조건을 무시해서 내게 피해가 생긴다면…… 뭐, 말하지 않아도 알겠지."

히로아키가 줄줄이 조건을 늘어놓았다. 고집 부려도 되는 상황이니 할 말은 제대로 하고 못을 박아야 했다. 그러지 않고 불이익을 받는 놈은 바보라는 것이 히로아키의 생각이었다.

"하하하, 역시 히로아키 님은 도량이 넓으시군요. 그 정도 조건은 처음부터 생각해놓았으니 안심하시지요."

유그노 공작이 자신 있게 보장했다.

"호오. 역시 이해하네. 아니, 너무 잘 이해한다고 해야 하나?"

"귀족 남성은 누구나 비슷한 고충을 안고 있으니 말입니다."

유그노 공작이 몹시 감탄하는 히로아키를 보며 씩 웃었다.

"하핫, 그렇군. 이런 쪽으로는 선배들의 가르침을 받아야겠으니 언제 술자리라도 마련해줘."

히로아키가 참지 못하고 즐겁게 웃으며 말했다.

"기꺼이. 참여하고 싶어 하는 사람이 많겠지만, 이런 이야기는 소수로 해야겠지요. 참석자를 엄선하겠습니다."

"진짜 잘 안다니까. 가끔 남자만의 대화도 나누어야지. 아, 유그노 공작은 나와 누구를 약혼시키고 싶어?"

한껏 기분 좋아진 히로아키가 자기 입으로 유그노 공작의 의향을 물었다.

"역시 용사님의 정실이려면 그에 걸맞은 신분이 필요하니 저는 플로라 님을 생각하고 있습니다."

유그노 공작이 망설이지 않고 대답했다.

"흐음, 타당하네. 플로라는 괜찮겠어?"

히로아키가 옆에 앉은 플로라를 힐끗 보았다. 예전부터 자기가 약혼한다면 제일 먼저 늘 곁에서 도와주는 플로라나 로아나와 할 것이라고 생각했다.

"네? 아…… 네, 네. 열심히 하겠습니다."

플로라가 몸을 움찔했다. 조금 어색하게 쭈뼛대며 고개를 위아래로 끄덕였다. 아니, 끄덕일 수밖에 없었다.

'열심히 하겠습니다……? 솔직히 이성적인 매력은 리제롯테와 로아나가 위지. 말도 잘하고 무엇보다 남자를 잘 배려한다고 할까, 잘 알아서 매력적이야. 플로라도 얼굴은 불만 없지만…….'

리제롯테와 로아나와 비교하면 재미가 없었다. 히로아키는 플로라의 얼굴을 빤히 보며 생각했다.

'뭐, 일부다처의 정실을 고른다면 이렇게 소극적인 녀석이 괜찮겠지. 정실이 질투해서 여자 가지고 참견하면 짜증 나니까. 플로라라면 자기 처지를 잘 분별할 테니 안심이야.'

히로아키는 플로라에게 높은 점수를 주었다.

'이세계에 왔는데 공주님을 놓칠 수는 없잖아? 이런 미

인을 다른 남자에게 줄 수는 없으니 잘됐지, 뭐.'

결론을 내렸다.

"플로라가 괜찮다면 약혼하겠어."

히로아키가 실로 가볍게 플로라와 약혼하겠다고 승낙했다.

"오오, 진심이십니까?"

일이 원한대로 풀리자 유그노 공작이 기뻐하며 웃었다.

"응. 뭣하면 로아나와도 약혼할까?"

히로아키가 씨익 웃으며 옆에 앉은 로아나의 얼굴을 들여다보았다.

"아, 아이참, 갑자기 그런 말씀 마세요."

로아나가 수줍게 얼굴을 붉히며 고개를 돌렸다.

'하하, 귀여운 녀석.'

히로아키는 만족스럽게 웃은 뒤 유그노 공작을 보고 물었다.

"가르아크 왕국의 주요 귀족 중에 어디에서 정식 혼담이 들어왔어?"

"거물로는 가르아크 왕국 제3 왕녀인 로잘리 왕녀 전하, 그레고리 공작가의 리제트 양입니다."

유그노 공작이 이름을 말했다. 리제롯테는 없었다.

"리제트는 그렇다 치고 로잘리는 아직 열두세 살밖에 안 됐잖아? 뭐, 이 세계에서는 일단 결혼적령기에 들어가긴 했지만."

히로아키가 조금 전에 차 마시는 자리에서 만난 로잘리

를 떠올렸다. 참고로 샤를로트의 동생이다.

"그렇습니다."

"흠, 다른 사람은?"

눈에 띄는 영애는 없느냐고 히로아키가 이어서 물었다.

"주요 귀족 중에는 두 분이 제일입니다. 이 두 분에 비하면 다른 영애들은 조금 가문의 격이 떨어집니다."

"흐음……."

히로아키는 모호하게 맞장구 쳤다.

'리제롯테는 혼담을 넣지 않았나. 정실은 플로라여도 리제롯테는 두 번째나 세 번째 자리에 앉히고 싶은데. 하긴 뭐, 일 때문에 연회가 끝나자마자 돌아갔으니까.'

어쩌면 나중에 리제롯테가 혼담을 넣을지도 몰랐다. 그렇게 생각하면서도 지금 이 시점에 혼담이 들어오지 않아서 적잖이 아쉬웠다.

"가르아크 왕국에 계속 머물 거야?"

그래서인지 히로아키가 유그노 공작에게 물었다.

"앞으로 출석하셨으면 하는 자리가 몇 건 더 있는데 그것만 마치면 로다니아로 돌아가실 수 있습니다."

"그래? 그러면 끝나는 대로 로다니아로 돌아가자. 리제롯테도 만나고 싶어. 연회자리에서 제대로 인사도 못 했으니까."

그쪽에서 나오지 않으면 이쪽에서 가는 수밖에. 히로아키는 자기 욕구에 충실하게 리제롯테를 만나고 싶어서 귀환을 제안했다. 그것을 놓칠 유그노 공작이 아니었고 옆에 앉은 로아나도 알아차렸다.

유그노 공작도 히로아키와 리제롯테의 혼인은 대환영이었다. 솔직히 로잘리, 리제트 두 사람과 혼인하는 것보다 리제롯테 한 사람과 혼인하는 편이 압도적으로 이득이 컸다.

"분부대로 하겠습니다."

그래서 유그노 공작은 활짝 웃으며 공손히 고개를 숙였다.

【 제 3 장 】 ❋ 추적자의 그림자?

　리오 일행이 크레이아를 떠난 지 나흘이 지났다. 이날은
마검(인 척하고 사실은 정령술)으로 신체강화를 걸고 이동
하기로 한 3일 주기의 날이었다.

　이른 아침, 밤을 보낸 역참마을을 떠나 가도를 걷다가
인기척 없는 곳에서 길을 벗어나 신체강화를 했다. 세리아
일행을 안고 마력량을 의심하지 않을 선까지 달려 가능한
한 거리를 벌렸다.

　걸어서 이틀 걸릴 거리를 달려서 이동하고 다시 가도로
나와 걸어서 이동했다. 해가 질 시간이 가까워졌을 무렵,
리오 일행은 골짜기를 가로지르는 가도에 세운 역참마을
에 도착했다.

　역참마을 입구가 보이자 자연스럽게 멈춰 섰다.

　"하아아, 드디어 도착했다." "피곤해."

　레이와 코우타가 피곤해하며 몸에서 힘을 뺐다.

　"후우……."

　세리아도 물통으로 수분을 보충하고 작은 한숨으로 피
로를 내뱉었다. 크리스티나도 이때라는 듯이 수분을 보충
했다.

　매일 훈련하는 리오와 사라 일행, 기사 바네사는 몰라도
다른 사람들은 아웃도어파가 아니었다.

매일 해가 뜨기 전에 일어나 해가 지기 전까지 걸으며 다리와 허리가 자연스럽게 튼튼해지긴 했지만, 그만큼 피곤도 쌓였다.

"여러분, 고생하셨습니다. 예정대로 오늘은 여기서 머물 테니 여관을 잡고 편하게 쉬어요."

리오가 일행을 위로하고 역참마을까지 마저 이동하자고 했다. 무거워진 다리를 끌고 역참마을 문을 지났다. 가도를 따라 세운 마을은 길이 하나뿐이었다.

도주 중에 이런 마을에 머물 때는 상주하는 병사가 없다는 것과 있어도 적어서 순찰을 대충한다는 장점이 있었다.

다만, 치안이 나쁘다는 게 단점이었다. 아무튼 관헌의 눈은 신경 쓸 필요가 없는데……

'응……?'

리오는 문을 지나 머리 위를 쳐다보았다.

추적자를 경계하느라 예민해지기도 했고 정기적으로 반경 수백 미터의 거대한 바람 결계마술을 발동해 적을 찾고 있었다. 역참마을에 들어온 지금도 만약을 위해 적을 찾는 중이었다.

그러다 몇 백 미터 상공을 날아다니는 날개 달린 생물을 발견했다. 새인가? 그때, 바로 옆에서 시선이 느껴졌다.

그곳을 보니 모험가로 보이는 남자들이 모여 있었다. 그 중 한 명이 손에 든 종이와 리오 일행을 번갈아보았다.

'모험가인가.'

리오는 이쪽을 보는 자들의 정체를 짐작했다.

모험가는 어디에나 있고 도시와 역참마을 입구에 일을 마친 모험가가 모이는 게 드문 광경은 아니었다. 토착 모험가라면 무장한 낯선 모험가 집단을 보고 호기심을 보일 만도 했다.

"저들은 뭡니까? 남을 힐끔거리고."

사라도 시선을 느꼈는지 울컥해서 입을 내밀었다.

"모험가인가 봐요. 엮이면 귀찮으니까 눈 마주치지 마세요. 어서 여관으로 가요."

리오는 담박하게 지시하고 빠르게 앞서 걸어 마을 안으로 들어가려고 했다.

"이봐, 잠깐."

그러나 모험가들이 빠르게 다가와 말을 걸었다.

"……."

리오는 무시하고 계속 걸었다.

"이봐, 기다리라니까. 너희 말이야. 거기 후드 쓴 9인조! 회색 머리카락 애송이가 앞장서서 걷는 너희들!"

이번에는 보다 구체적으로 특징을 말하며 불러 세웠다.

"뭐야?"

리오는 하는 수 없이 멈춰서 대표로 대답했다.

"너희 모험가냐?"

덩치 큰 남자가 물었다.

"여행객이다. 미안한데 피곤하거든."

리오가 귀찮아하며 대화를 끝내려고 했다. 그러나 남자들은 물러나지 않고 앞을 막아섰다. 리오를 아직 어린 풋내기로 봤는지 히죽거렸다.

"피곤하다고 했을 텐데?"

리오가 모험가들을 싸늘하게 쳐다봤다. 모험가들은 살짝 기가 눌려 반걸음 물러났다.

"미안하게도 이게 우리 일이라서 말이야. 사람을 찾고 있다."

그들보다 한참 어린 애송이에게 얕보일 수는 없다고 위협적으로 말했다.

"사람? 그렇다면 잘못 봤군. 너희 중에 아는 사람 없어."

"핫. 공교롭게도 아는 사람을 찾는 게 아니라서. 일이라고 했잖아? 현상금이 걸린 지명수배범들을 찾고 있다."

"현상금이 걸린 기억은 없는데."

도주 중이니까 설마 하는 의심이 머리를 스쳤지만, 리오는 갑자기 무슨 소리냐는 듯이 의아해하며 시치미를 뗐다.

"지명수배자들은 다 그렇게 말하지."

덩치 큰 모험가가 코웃음 쳤다.

"우리가 수배됐다고?"

"그걸 확인하려고 부른 거다."

"어떻게 확인하려고?"

"수배범 하나는 머리카락이 회색인 10대 중후반 남자라고 적혀있다. 네가 딱 그렇군."

덩치 큰 모험가가 리오를 보았다.

"그렇긴 한데 흔한 특징이잖아?"

리오는 안색 하나 바꾸지 않고 어깨를 으쓱했다.

"그것 말고도 일치하는 특징이 있는데? 수배범 인원은 10인 전후, 젊은 남녀 아홉 명일 가능성이 크다고 적혀있다. 너희도 아홉 명. 후드를 썼지만, 젊어 보이는군. 여자도 있고."

덩치 큰 남자가 이거보란 듯이 수배서를 팔랑팔랑 흔들며 몸을 기울여 리오 뒤에 있는 세리아 일행의 가려진 얼굴을 들여다보았다. 세리아 일행은 불쾌해하며 고개를 돌렸다.

"무슨 용의로 수배됐는지도 모르는데 일방적으로 지명 수배범 혐의를 받으면 누가 좋아하겠어? 그 수배서 줘봐."

리오가 당당하게 말하고 오른손을 내밀었다.

"그래, 좋아. 찢지 마."

남자가 순순히 수배서를 건넸다.

"……."

리오는 조용히 수배서를 보았다. 내용이 궁금한지 뒤에서 크리스티나가 다가와 들여다보았다. 수배서에는 수배 용의로 이렇게 적혀있었다.

"요인 유괴 및…… 살해?"

그 밖에도 지명수배범들의 특징으로 리오 일행이 의심받을 만한 요소가 여럿 적혀있었다.

"말도 안 돼."

크리스티나가 화내며 중얼거렸다. 리오는 차분하게 말했다.

"확실히 우리 특징이 수배서에 적힌 내용과 일치하는 점이 많긴 하네. 그쪽이 의심할 만 해. 하지만 다른 사람이야. 우리는 이런 적 없어."

리오가 수배서를 돌려줬다.

"아……."

모험가가 수배서를 돌려받고 끙끙댔다.

리오가 수배서 특징과 일치한다고 인정하고 너무나 당당하게 용의를 부인해서 할 말이 없었다.

"계속 의심할지는 그쪽 마음이지만, 그쪽을 계속 상대할지 말지는 우리 마음이야. 처음 말했듯이 피곤하거든. 여기서 떠들다가 방이 다 나가면 노숙해야 해. 그럼 이만."

리오는 남자들 옆을 지나갔다. 뒤에 있는 크리스티나 일행도 천천히 발을 움직였다.

"기다려!"

덩치 큰 모험가가 소리 질렀다.

"또 왜?"

리오가 귀찮아하며 대답했다.

"지명수배서에 적힌 특징은 남자가 셋이고 여자가 여섯이랬다. 모두 후드를 벗어."

남자가 고압적으로 명령했다.

"남에게 부탁하는 말투가 아니네요."

사라가 울컥해서 말했다.

"무슨 권한으로 명령하는 겁니까?"

크리스티나도 어이없어하며 동의했다.

"뭐라고?"

남자가 불쾌하게 눈썹을 찌푸렸다.

"후드를 벗고 얼굴을 보여주세요, 라고 말해봐."

리오가 남자에게 명령했다.

"뭐……?"

모험가는 굳어서 핏대를 세웠다.

"내가 이렇게 말하니 기분이 어때? 남에게 부탁할 때는 그에 걸맞게 말해야지. 처음 보는 사람이 명령하면 반발하는 게 당연하잖아?"

리오가 사리를 따지며 당당하게 말했다.

"지금 나한테 설교하는 거냐? 건방진 애송이들."

덩치 큰 남자가 얼굴을 잔뜩 찌푸렸다.

"그쪽과 떠들 생각 없어. 어쩔 수 없으니 얼굴을 보여주지. 이걸로 끝이야. 그래도 우리가 지명수배범이라는 생각이 들면 우리가 변명할 수 없는 증거를 제시해. 여러분, 후드를 벗어주세요."

리오가 뒤로 돌아 일행에게 말했다. 후드를 쓴 이들이 조용히 손을 움직여 맨얼굴을 드러냈다.

"……."

모험가들은 숨을 삼켰다. 이렇게 외모가 빼어난 소녀들은 태어나서 처음 보았다.

"이제 됐지. 그럼 이만."

남자들이 몇 초 동안 말이 없자 리오는 다시 걸었다. 크리스티나 일행도 후드를 고쳐 쓰고 뒤따랐다. 모험가들은 그들을 붙잡지 못했다.

◇ ◇ ◇

리오 일행은 마을에서 여관을 잡았다.

리오는 다른 사람들에게 여관에서 기다리라 하고 마을 상황을 살피기 위해 홀로 외출했다. 서두르지 말고 정보를 모아야겠다는 생각이 들었다.

길가에 있는 노점에서 먹을 것을 사서 주인과 대화를 나누고 거리 게시판에서 수배서를 확인하며 30분 뒤에 여관으로 돌아왔다. 그리고 의논하기 위해 빌린 방 하나에 일행을 모았다.

"먼저 순찰병은 일주일에 한 번, 가까운 도시에서 온다고 해요. 오늘은 그날이 아니라더군요. 우리가 오기 전에 추적부대가 오지도 않은 모양이에요."

리오가 제일 먼저 추적자 이야기를 꺼냈다.

"문제는 수배서로군요. 그리고 그 무례한 남자들."

사라가 입을 내밀며 말했다.

"그 수배서에 관해 알아낸 것과 신경 쓰이는 점이 있어요. 마을 게시판에는 그 남자들이 갖고 있던 수배서가 없었습니다."

"그건…… 그 남자가 가져가서 그런 것 아닐까요?"

아르마가 고개를 갸웃거리며 말했다.

"신경 쓰이는 게 그거예요. 그 수배서에는 발행주체 인장이 찍혀있지 않았어요. 마을에 하나뿐인 수배서 원본은 일개 모험가가 독점할 수 있는 게 아니니 아마 원본을 베껴 쓴 걸 거예요. 이상하지 않아요? 마을에 원본이 없는데 사본은 있다니."

"게시판에 붙은 수배서 원본을 떼면 수배범 은폐죄니까 사본만 갖고 다닐 수 있다."

바네사가 수배서를 어떻게 취급하는지 설명하며 리오에게 동의했다.

"네. 그래서 수배서를 날조하지 않았을까 해요."

"공문서 위조는 사형인데……."

바네사가 입을 굳게 다물고 얼굴을 찌푸렸다.

"아니면 그냥 준비한 사본이 다 떨어져서 새 사본을 만들려고 일시적으로 원본을 뗐을 수도 있죠. 이건 현재 확인할 방법이 없으니 다른 이야기를 해볼까요?"

"수배서 내용 말씀이십니까?"

"역시 전하도 그렇게 생각하셨군요."

리오와 크리스티나가 말했다. 그때, 수배서를 본 사람은 리오와 크리스티나뿐이었다.

"뭐가 마음에 걸렸는데?"

세리아가 물었다.

"그 수배서가 우리 수배서라면 인원과 성별, 나이 같은 내역이 너무 정확해요. 추적부대 책임자인 샤를 아르보는 전하의 호위가 다섯 명으로 늘어난 줄은 모를 테니까요."

리오, 세리아, 사라, 오피아, 아르마. 이 다섯 명이 크리스티나와 함께 추적부대 앞에 나타난 적은 없었다.

그런데 수배서에는 열 명 전후, 아홉 명일 가능성이 크다고 적혀있었다.

"아……."

세리아가 이해하고 놀랐다.

"아마카와 경은 그 수배서가 우리의 수배서라고 생각합니까?"

크리스티나가 리오에게 물었다.

"솔직히 단정할 수 없습니다. 인원과 성별, 나이 조합은 일치했지만, 수배범 이름은 적혀있지 않았죠. 외모가 구체적으로 묘사된 사람은 저 뿐이고요. 그 수배서는 수배하는 상대의 정체를 잘 모르는 상태에서 작성한 것 같습니다. 그냥 우연의 일치일 수도 있죠. 용의가 요인 유괴에 살인인 것도 신경 쓰입니다."

리오가 자기 생각도 말하며 대답했다.

"그렇겠죠. 다만 일치하는 점이 많으니 신경이 쓰입니다."

크리스티나가 불안하게 말했다.

"저도 그 점이 걸립니다. 이 수배서를 만들었을 만한 인물이 떠오르긴 합니다만, 지나친 생각 같아서……."

"설마……."

"레이스입니다. 크렐 백작도 사라 씨와 오피아 씨, 아르마 씨가 전하와 동행한 줄 모르는데 숲에서 전투 직후에 나타난 레이스는 아홉 명이 함께 있는 장면을 목격했으니 인원과 성별쯤은 확인했을 겁니다."

리오가 레이스의 이름을 꺼냈다.

"서, 설마……. 그러면 그 남자는 이 수배서를 만들려고 일부러 그곳에 나타난 겁니까?"

"레이스가 샤를에게 협조 중이지 않을까요? 프로키시아 제국 대사일 수도 있다면서요."

바네사와 세리아의 안색이 초조해졌다.

"글쎄요. 레이스가 샤를에게 협조한다면 전하와 바네사 씨, 코우타 씨와 레이 씨의 구체적인 정보가 적혀있지 않은 게 이상해요."

만약 레이스가 협조 중이라면 리오의 정체를 수배서에 썼을 거란 생각이 들었지만, 그 말은 하지 않았다.

"저도 아마카와 경과 같은 의견입니다. 샤를과 레이스가 협조한다는 전제로 말하면 수배서의 요인은 저겠지만, 아무리 샤를이어도 제가 죽기 전까지는 거짓으로라도 제가 죽었다고 하지 않을 겁니다. 그런 섣부른 짓을 했다가 나중에 모순이 발견되면 설명하기 어려우니까요."

크리스티나가 리오에게 동의했다.

"그러면 수배서는 샤를과 상관없이 그냥 레이스가 날조한 가짜라는 건가요?"

세리아가 물었다.

"네. 그럴 가능성은 있어요. 하지만 확인할 방법이 없고 애초에 우리와 관련 없는 수배서일 수도 있어요. 정말 고민되네요."

리오가 난처해하며 대답했다.

"위험한 거 아니야? 그러면 지금 당장에라도 이 마을을 떠나는 게……."

세리아가 굳은 얼굴로 제안했다.

"지금 그러는 건 추천하지 않아요. 문에서 떼어놓은 모험가들이 뒤쫓아 오더군요. 지금도 여관 밖에서 감시 중일 거예요. 그렇죠? 사라 씨."

"네. 문에서 말을 건 사람들은 아니지만, 두 명 있습니다."

리오의 말에 사라가 창틈으로 밖을 보며 말했다.

"레이스라면 저런 아마추어를 써서 우리를 감시하지는 않을 테니 적어도 지금 이 마을에 그자는 없을 거예요. 그러니 지금 당장 마을 밖으로 나갈 필요는 없어요."

"지금은 우리를 의심하는 마을 모험가들이 문제군."

바네사가 얼굴을 찌푸리고 말했다.

"그렇죠. 해가 졌으니 지금 마을 밖으로 나가면 수상한 짓을 한다고 오해할 거예요. 그러니까 아예 내일 아침 일찍 평소처럼 당당하게 출발하면 되지 않을까요?"

리오가 제안하고 덧붙였다.

"대신 가르아크 왕국으로 가는 동문이 아니라 우리가 왔던 길로 돌아가는 거죠."

"자, 잠깐, 잠깐만. 온 길을 되돌아가면 오히려 괜한 오해를 사지 않겠나?"

바네사가 당황해서 끼어들었다.

"여관 밖에 감시까지 붙었습니다. 이러나저러나 이미 오해 중이에요. 레이스가 저놈들에게 관여했는지 확인하고 싶기도 하니 놈들이 수를 쓰면 오히려 잘 된 거죠. 레이스가 쉽게 손쓸 놈들을 쓸 것 같지는 않지만요."

다만, 그렇게 생각하게 하려는 의도일 수도 있었다. 가능성을 따지면 음모론으로 빠져서 끝이 없으니 그럴 수도 있다는 정도로만 생각하기로 했다.

"놈들이 손을 쓰지 않으면 어떡하지?"

"그러면 계속 서쪽으로 가다가 놈들이 물러나면 가도를 벗어나 동쪽으로 돌아갑니다. 시간이 걸리겠지만, 가도가 가로지르는 골짜기에 올라서 마을을 우회하려고 해요. 놈들은 우리가 서쪽 가도로 돌아갔다고 생각하겠죠?"

"음…… 대담하지만, 효과적이겠군."

"이의 없습니다. 그 계획으로 가죠."

바네사는 목을 울렸고 크리스티나는 찬성했다. 회의는

그렇게 끝이 났고 내일에 대비해 식사와 휴식을 취하기로
했다.

◇ ◇ ◇

한편, 같은 마을의 어떤 술집. 리오 일행에게 말을 건 모
험가들이 모였다. 인원은 20여 명.

"젠장. 그 회색 머리카락 자식!"

낡은 술집 의자에 몸을 기대앉은 덩치 큰 모험가가 리오
를 생각하고 화를 냈다. 테이블 위에 값싼 술을 따른 나무잔
을 거칠게 내려놓자 테이블에 있던 그릇이 살짝 떠올랐다.

——후드를 벗고 얼굴을 보여주세요, 라고 말해봐.

갑자기 건방지게 명령해서 짜증이 났다. 뭐가 얼마나 잘
났길래? 자기가 한 일은 싹 잊고 말도 안 되는 분노만 쌓
았다.

"진정해."

현장에 없었던 자그마한 모험가가 말했다.

"진정 못 해. 열 받잖아."

"직접 보니까 어떻던?"

말을 건 자그마한 남자가 "못 말리겠군" 하며 고개를 가
로젓고 현장에 있던 다른 사람들에게 물었다.

"수배서에 적힌 특징과 완벽하게 일치했어."

한 남자가 살짝 얼굴을 찌푸렸다.

"뭐야, 뭐가 마음에 걸리는데?"

"이 수배서만으로는 본인인지 알아내기 어렵지 않나 싶어서. 처음에는 금화 5백 장이라는 금액에 눈이 돌아갔지만."

"그렇지."

자그마한 남자가 이해했다.

"그놈들일 게 뻔하잖아! 나이며 성별, 인원. 10대 중심의 젊은 남자 셋, 젊은 여자 여섯, 인원까지 딱 맞아! 조건이 이렇게 딱 맞는 놈들이 왔다고!"

리오에게 화가 난 덩치 큰 남자가 소리 질렀다.

"그 애들이 지명수배된 범죄자가 맞다고?"

"그래! 더러운 범죄자야! 그런 주제에! 용서 못 해."

자그마한 남자의 말에 덩치 큰 남자가 힘차게 긍정하며 분통을 터뜨렸다.

"용서 못 하면 어쩔 건데? 걔네가 지명수배범일지도 모른다고 우리한테 의뢰한 남자한테 보고하면 추가 보너스를 받을 수 있어. 선금도 많이 받았고."

"그런 망할 애송이들은 별것 아니야! 남자 셋, 여자 여섯. 우리는 힘 좀 쓰는 남자가 스물이 넘어! 추가보수를 받아봤자 기껏해야 금화 몇 장 나눠주겠지. 다 같이 나누면 큰 금액도 아니야. 그런 변변찮은 돈을 받느니 놈들을 붙잡아 관리에게 넘기면 금화 5백 장이야! 뭐가 이득인지 알겠지?"

금화 5백 장. 매력적인 숫자였다. 그야말로 이성의 끈이

가볍게 끊어질 정도로.

"맞아. 나도 그렇게 생각했어. 지서를 통해 받은 의뢰가 아니라 길드 페널티도 없잖아."

자그마한 남자가 이렇게 되기를 기다렸다는 듯이 말했다.

"헤헤." "여자들이 엄청 예뻤지?" "범죄자니까 무슨 짓을 해도 괜찮을 거야." "맞아, 어차피 범죄자니까."

동의하는 목소리가 속속 나왔다.

"핫, 결정됐군."

덩치 큰 남자가 만족스럽게 웃었다.

"그럼 작전을 짜자. 일을 하려면 당연히 마을 밖에서 해야겠지. 실행은 내일, 놈들이 마을을 떠나고 조금 지나서 하는 게 어때?"

자그마한 남자가 비열한 미소를 지으며 제안했다.

"너 처음부터 이럴 작정이었지?"

덩치 큰 남자가 다 안다는 듯이 웃으며 말했다.

"누가 할 소리?"

"흥. 애송이들에게 세상의 무서움을 가르쳐주자고."

다음 날 아침, 리오 일행은 여관을 나와 어제 정한대로 동쪽과 서쪽으로 뻗은 역참마을의 서문으로 갔다.

우선 체크아웃부터 하고 여관 밖으로 나가자 건물 맞은

편에 막다른 골목에 서 있는 두 모험가가 보였다. 하지만 알아본 척하지 않고 서문으로 갔다.

"설마 어젯밤 내내 저기서 감시한 거예요?"

아르마가 어이없어하며 말했다.

"아마 교대로 감시했을 거예요."

리오도 기막혀하며 말했다.

"여러분, 돌아보지 말고 들으세요."

그리고 이어서 일행에게만 들리게 말했다.

"예상대로 미행이 붙었습니다. 중간에 합류해서 수가 꽤 되네요. 미행을 숨길 생각도 없나봅니다. 마을 밖으로 나가면 무슨 짓을 할 게 분명해요."

그 순간, 정도의 차이는 있지만, 모두 표정이 굳었다.

"저들은 제가 맡겠습니다. 만약 전투가 벌어져도 제가 맡을게요. 저들이 레이스의 미끼일 수도 있으니 여러분은 전 방위에서 날아오는 도구나 복병에 대비해 수비에 전념하세요. 저를 도우실 필요는 전혀 없으니까요."

"알겠습니다."

사라, 오피아, 아르마가 제일 먼저 어떤 망설임도 없이 고개를 끄덕였다. 리오의 실력을 믿기 때문이었다. 이렇게 엉성하게 미행하는 놈들이 몇이나 모이든 질 리 없었다.

그보다 레이스의 공격을 걱정해야 했다. 크레이아 밖에서 공격했을 때처럼 알아차리지 못 하는 불의의 일격이 가장 무서웠다. 따라서 공격은 리오에게 맡기고 그들은 수비에 전념하는 것이 제일이란 것을 말하지 않아도 알았다.

그런 이야기를 나누며 그들은 드디어 마을 밖으로 나갔다. 모험가들은 50미터 간격을 유지하며 따라왔다.

리오 일행은 절대로 뒤돌아보지 않았다. 그렇게 10분이 흘렀다.

"저기, 가도 옆 평지에 멈추죠. 저곳에 도착하면 안으로 들어가서 뭔가 찾는 척해주세요. 저들이 어떻게 나오는지 보죠."

리오가 길 옆에 트인 거친 평야를 가리키며 일행에게 지시했다. 그곳에 도착하자 모두 떨어뜨린 물건을 찾는 시늉을 하며 바닥을 둘러보았다.

그러자 뒤에 있던 모험가들이 살짝 당황해했다. 리오 일행이 지명수배된 몸이라 왔던 길을 되돌아간다고 생각했다.

"저 녀석들 뭐하는 거야?" "뭘 찾나 본데." "분실물을 찾으면 돌아가는 거야?"

그런데 이렇게 탁 트인 곳에서 태평하게 물건을 찾고 있으니 의도를 파악하지 못 하고 의아해했다.

의문은 당황으로 이어졌고 남자들이 걷는 속도가 느려졌다. 설마 정말로 지명수배범이 아닌가? 의심이 머리를 스친 사람도 적지 않았다.

"진정해! 할 일은 똑같아! 놈들은 범죄자야. 생사를 따지지 않고 금화 5백 장이라는 현상금이 걸렸다고."

덩치 큰 남자가 다른 모험가들을 독려했다.

"맞아. 근거도 있는데 우물쭈물할 거 없어."

자그마한 모험가가 고개를 끄덕이고 용기내서 전진했다.

그러는 사이에도 거리는 조금씩 좁혀졌고 서로 큰 소리로 대화할 수 있을 정도로 접근했다.

여기까지 오니 돌아갈 수 없었다. 될 대로 되라는 집단심리가 작용해 다른 모험가들도 마음을 굳혔다. 발걸음에 망설임이 사라졌다.

앞서 걷던 덩치 큰 남자와 자그마한 남자 콤비가 무언가를 찾는 척하는 리오 일행 옆에 있는 가도에 멈춰 섰다.

"너희들 이런 데서 뭐하는 거냐?"

덩치 큰 남자가 물었다.

"보다시피 물건을 찾는 중이야. 어젯밤에 일행이 중요한 물건을 잃어버린 걸 알았거든. 마지막으로 쉰 곳이 여기야."

리오는 당당하게 대답했다. 어제 지나온 길을 되돌아온 이유도 그럴싸했다.

"그쪽이야말로 이런 데서 뭐하는 거야?"

리오가 차분한 목소리로 다 안다는 듯이 물었다.

"이 수배서에 적힌 수배범…… 너희지?"

덩치 큰 남자가 서늘하게 되물었다.

"아니라 해도 믿을 생각 없지? 친절하게 동료까지 데리고 인기척 없는 곳까지 일부러 쫓아와서는."

리오가 귀찮아하며 한숨을 내쉬었다.

"핫, 잘 아는군. 너희 특징이 이 수배서에 적힌 특징과 이렇게나 일치하는데 그냥 보내줄 수는 없지. 금화 5백 장이라고. 너희를 잡아가기로 했다. 저항하지 않으면 숨은 붙여두지. 숨은."

덩치 큰 남자가 리오 뒤에 있는 여자들을 비열하게 쳐다봤다. 후드로 얼굴을 가렸지만, 엿보이는 머리카락과 체형에서 여자인 게 보였다. 다른 남자들도 실실 웃었다.

더러운 눈빛에 여자들이 불쾌해하며 입가를 굳혔다.

"어, 엉터리야. 우리가 수배범이 아니면 어떡하려고?"

코우타가 참지 못 하고 상기된 목소리로 속에 든 말을 뱉었다.

"뭐? 그러니까 저항하지 말고 얌전히 붙잡히라고 하잖아. 우리는 지명수배범일지도 모른다는 합리적인 이유가 있어서 너희를 포박하는 거야. 저항하면 죽여도 상관없어. 죽은 자는 말이 없잖아. 이유는 얼마든지 만들어줄게."

덩치 큰 남자가 코우타의 항의를 비웃으며 일축했다.

"뭐라고?! 그런 야만스러운 행동이 인정될 리 없어! 누명으로 아무나 죽일 수 있잖아!"

코우타가 상식과 상반되는 상황에 거부반응을 보였다.

"소용없어요. 수배서를 발행한 쪽도, 제도도, 어쩌다 죄인으로 착각당한 불행한 사람은 고려하지 않습니다. 불행한 사고로 처리하면 끝이에요. 이렇게 되면 힘으로 해결하는 수밖에."

리오는 코우타에게 담담하게 말했다.

"그럴 수가……."

코우타는 할 말을 잃었다.

"핫. 잘 아네. 어떡할 거냐? 얌전히 잡힐 테냐? 너도 그렇겠지만, 나는 네가 마음에 안 들어. 여자는 잘 대해줄 거지만, 너는 저항하지 않아도 봐주지 않을 거야. 원망할 거면 건방지게 군 어제의 너를 원망해라."

덩치 큰 남자가 노골적으로 리오를 도발했다.

다른 남자들도 실실대며 비웃었다.

"나는 너희가 마음에 안 든다고 생각하진 않아."

반면 리오는 담담하게 말했다.

"뭐?"

예상한 반응과 달랐는지 남자들이 의아해하며 눈썹을 찌푸렸다.

"어떻게 되든 상관없으니까. 얌전히 물러나면 다치게 하지 않겠어. 물러나지 않으면 걸맞게 대해주마. 그뿐이다."

리오가 말했다.

"하…… 푸하하하핫! 야야, 이 녀석 상황 파악을 못 하는데. 이렇게 건방진 목숨구걸은 처음 들어!"

남자들이 당황하더니 곧 폭소를 터뜨렸다.

"그래. 그러면 어쩔 수 없지."

리오는 허리에 찬 검을 잡아 마검으로 신체강화하는 척하고 맨주먹으로 전투태세에 들어갔다.

"뭐야? 맨손?"

검을 잡고 뽑지 않은 리오를 보고 남자들이 의아해했다.

"동료에게 누가 죽는 장면은 보여주고 싶지 않아서. 너희 정도는 맨손으로 충분해. 덤빌 거면 빨리 덤벼."

일단은 정당방위로 하고 싶었는지 리오가 오른손을 가볍게 풀며 모험가들을 노골적으로 도발했다.

"하하하…… 진짜 자기 상황을 모르는구만, 이 녀석. 얘들아, 애송이들을 붙잡아! 가라!"

덩치 큰 남자가 핏대를 세우며 메마른 미소를 짓고 모험가들에게 돌격 지시를 내렸다.

그 순간, 가도에 늘어선 약 20명의 모험가들이 일제히 리오 일행이 있는 거친 평야로 돌진했다. 남자인 리오와 코우타, 레이는 몰라도 여자들은 되도록 다치지 않게 잡고 싶은 모양이었다. 리오가 맨손이기도 해서 모두 무기를 들지 않았다.

그중 자그마한 모험가가 가장 기세가 좋다고 해야 하나, 혈기왕성했다.

"죽어라! 캬캬!"

전력으로 달리다 도약해 리오를 때리려고 했다.

그러나 정신이 드니 자그마한 남자의 시야가 뒤집어졌다. 리오가 거꾸로 보였다. 아니, 리오만이 아니었다. 다른 사람들도, 세상이 뒤집어졌다.

뭔지 모를 붕 뜬 느낌은 공중에서 뒤집어졌기 때문이었다. 리오에게 당한 것이리라. 때리려고 휘두른 주먹은 움직일 수 있는 범위를 초월해 비틀렸고 눈앞에는 리오가 서 있었다.

"어? 어? 히익?!"

그 순간, 혼란과 당황과 공포가 연달아 들이닥쳤다. 남자는 눈앞에서 리오가 몸을 비트는 장면을 목격했다. 공격하려고 했다.

그러나 피할 수 없었다. 그런데 슬로모션으로 보였다. 마치 주마등과 같았다. 그러나 영원하지는 않았다.

리오는 몸을 비틀어 등에서 어깨로 힘을 옮겨 공중에 일시적으로 뒤집어진 남자의 몸통에 자기 몸을 부딪쳤다.

"크헉⋯⋯?!"

자그마한 남자의 몸이 뒤에 있는 가도로 힘차게 날아갔다. 자그마한 남자의 몸은 뒤에 있던 남자 여럿을 휩쓸고 바닥에 나뒹굴었다. 뒤에 있던 남자들이 쿠션이 되어 죽지는 않았지만, 호흡곤란에 빠졌다.

"처, 철산고⋯⋯?!"

레이가 눈을 부릅뜨며 소리 질렀다. 리오가 한 공격이 일본에 있을 무렵에 한 게임과 인터넷 동영상으로 본 동작과 매우 비슷했다.

"대단해⋯⋯."

크리스티나도 놀라서 멍하니 중얼거렸다. 리오의 공격이 멋지게 통한 것은 물론이고 이미 다음 행동에 들어간 리오의 움직임이 너무나 깔끔했다.

리오는 날아간 남자를 방해물로 이용해 순식간에 다른 남자들과 거리를 좁혔다.

"컥?!"

몇 미터 앞에 있던 리오가 갑자기 눈앞에 나타나자 운 나쁘게도 타깃이 된 남자가 몸을 굳혔다. 그 순간, 팔꿈치가 명치를 때려 몸이 허공으로 떠올랐다.

동시에 리오는 다음 타깃을 공격했다. 동작 하나하나에 군더더기가 없고 최소한의 동작으로 재빠르고 확실하게 모험가들을 움직이지 못하게 만들었다.

하나, 또 하나, 1초에서 3초 사이에 툭툭 바닥에 쓰러졌다. 그러다 정신을 차리니 땅에 무사히 서 있는 모험가는 고작 한 자릿수였다.

"뭐, 뭐야?! 무슨 일이 벌어진 거야?! 너 무슨 짓 했어?!"

뒤에 서 있던 덩치 큰 남자가 상황 파악 못 하고 소리 질러댔다.

"컥……!"

리오는 예의바르게 질문에 대답하지 않고 덩치 큰 남자가 소리 지르는 동안에도 다른 모험가 하나를 기절시켰다.

"뭐, 뭐하냐?! 저 놈을 포위해! 압박해! 우리가 당하잖아!"

덩치 큰 모험가가 남은 동료에게 허둥대며 소리쳤다. 동료들이 겁내면서도 리오를 포위하려고 했다.

그 정도로 포위될 거였으면 애당초 이렇게까지 몰리지도 않았다. 실력 차이가 너무 나서 인간 벽은 있으나 마나였다.

"히익, 어억?!"

리오는 가장 가까이 있던 모험가에게 아무런 망설임 없이 접근해 가볍게 자세를 무너뜨리고 바닥에 내던졌다.

"으아아악!"

그때, 덩치 큰 모험가가 뒤에서 리오에게 달려와 손에 든 검을 전력으로 내리쳤다. 살의가 담긴 본격적인 공격이었다.

"위험해!"

크리스티나가 반사적으로 외쳤다.

"……?!"

그 순간 리오가 몸을 틀어 돌려차기로 남자가 휘두른 검을 걷어차 날려버렸다.

"드, 등에 눈이라도 달렸냐." "애들이라서 쉽게 굴복시킬 수 있을 줄 알았어." "이건 못 이겨……." "목숨이 몇 개 있어도 부족해……."

그 공격으로 전의를 상실하고 남은 남자들이 중얼거리며 뒷걸음질 치더니 허겁지겁 몸을 돌려 가도를 향해 전력으로 도망쳤다.

이야기가 다르잖아. 차원이 달라. 손을 대서는 안 되는 상대에게 손을 대고 말았다는 후회에 떠밀려…….

"자, 잠깐! 야!"

무기를 잃은 덩치 큰 남자가 정신을 차리더니 비틀대면

서도 볼품없이 도망치는 동료들을 쫓아가려고 했다.

"도망칠 수 있을 것 같아?"

리오의 목소리가 오른쪽 귓가에 조용히 울리자 심장이 멈출 것 같은 공포가 덮쳤다.

"으억!"

그 순간, 남자의 몸이 반사적으로 움찔하더니 발이 걸려 거칠게 넘어졌다. 리오는 얼굴이 바닥에 처박힌 남자의 머리를 짓누르고 마력을 주입해 정령술로 덩치 큰 남자의 의식을 빼앗았다.

리오는 엎어져서 기절한 남자를 두고 도망친 남자들을 쫓았다. 남자들은 온힘을 쥐어짜 전력으로 질주했지만, 정령술로 신체강화를 한 리오는 인간의 한계를 훨씬 능가한 속도로 달릴 수 있었다.

남자들은 도망칠 수 없었다.

"히이이이익?!"

"사, 살려줘!"

그들은 비명을 지르며 하나, 또 하나 잡혀서는 리오에게 의식을 빼앗겼다.

"으아아, 왠지 저놈들이 불쌍해졌어……."

거친 평지에서 가도를 지켜보던 레이가 모험가들을 연민의 눈길로 바라보았다.

"아뇨, 자업자득입니다. 괜한 동정이에요. 오히려 목숨을 빼앗지 않은 하루토 씨의 상냥함에 감사해야 합니다."

사라가 흥 콧방귀를 뀌고 기절해 쓰러진 남자들을 둘러봤다. 바닥에 쓰러진 남자들은 의식을 잃었을 뿐, 죽지는 않았다.

"그렇군요. 우리를 공격한 동기가 동기이니만큼."

눈을 깜빡이며 지켜보던 크리스티나가 사라의 말에 정신을 차리고 웃으며 동의했다.

"네. 그리고 저 사람들은 아직 의식이 남아있는 모양입니다."

사라가 리오가 처음에 날려버린 자그마한 남자와 휩쓸려 날아간 남자 둘을 보았다.

"……?!"

바닥에 쓰러져 기절한 척하던 세 남자는 사라에게 연기를 들키자 몸을 움찔했다.

"하루토 씨도 돌아왔으니 이야기 좀 들어볼까?"

오피아가 길을 보며 말했다. 리오가 도망친 남자들을 질질 끌고 오는 게 보였다.

몇 분 뒤.

리오는 기절한 남자들을 한곳에 모았다. 기절한 사이에 무장을 해제하고 도망치지 못 하게 서로의 발을 줄로 묶었다.

한편, 의식이 있던 세 남자는 전의를 잃고 모여서 무릎을 꿇고 앉았다.

"대화 좀 해볼까? 우리가 모르는 일을 자꾸 했다고 하니 민폐가 따로 없어."

"네, 어르신! 무엇이든 말씀드리겠습니다!"

리오가 내려다보며 말하자 자그마한 남자가 아양 떨며 대답했다. 그의 태도 변화에 여자들이 가엾게 바라보았다.

"이 수배서는 어디서 얻었지? 마을 게시판을 확인해도 없던데."

리오는 기가 막혀 남자를 바라보았지만, 상대가 무서워할수록 편하니 그냥 질문하기로 했다. 남자들에게서 **빼앗**은 수배서를 보며 물었다.

"마을에는 당연히 없습니다. 며칠 전에 크레이아에서 발행됐다며 어느 귀족에게 고용된 모험가가 그 수배서를 가져왔습니다요."

자그마한 남자가 실실 웃으며 대답했다.

"크레이아에서…… 어느 귀족에게 고용된 모험가? 어떤 사람인데?"

설마 레이스인가? 리오가 물었다.

"나이는 서른 쯤 된 것 같습니다. 당당하고 근육질에 요즘 잘 나가는 역전의 모험가라는 느낌이었어요. 어르신의 발끝에도 못 미치겠지만 말입니다."

외투를 입어도 말라보인 레이스와는 인상이 크게 달랐다.

"이름은?"

"부끄럽게도 다들 현상금에 정신이 나가서 듣지 못했습니다……. 아, 그런데 어르신……이 아니구나. 그 수배서에 적힌 범죄자 중에 그 모험가를 고용한 귀족의 연고자가 있다고 했습니다."

"지명수배범 중에 귀족의 연고자가 있다고?"

그 말에 세리아가 떠올랐다.

"네, 그렇게 말했습니다. 남자의 고용주라는 귀족은 자기 연고자가 죽지 않도록 그 모험가를 고용했다더군요. 수배서가 시중에 나돌아 연고자가 붙잡히기 전에 신병을 확보하려 했습니다. 그래서 모험가가 마을에 왔는데 수배서와 일치하는 놈들이 오면 보고하라는 의뢰를 저희가 받았습죠. 며칠 내에 다시 올 테니 그때 보고하라면서요. 아, 참고로 아직 안 왔습니다."

"그 의뢰를 받았군."

"네. 선금도 많이 줘서……."

헤헤헤, 자그마한 남자가 민망하게 웃으며 대답했다.

"그러면 우리를 습격한 거랑 말이 안 맞는데? 너희 역할은 보고잖아. 우리를 습격하는 건 그 남자의 의뢰와 모순돼."

"그, 그러니까 금화 5백 장에 눈이 돌아갔다고 해야 하나. 저기 기절한 못생긴 놈이 어르신을 눈엣가시로 여겼고 어르신이 미인을 데리고 계셔서……. 그렇지?"

자그마한 남자가 불편해하며 옆에 있는 두 모험가에게 동의를 구했다.

"헤헤……."

남자들이 민망해하며 웃었다. 여자들의 시선이 한층 차가워졌다.

"순전히 너희 사리사욕 때문에 우리를 습격했다고?"

리오가 확인했다.

"네, 네, 그렇습니다. 대단히 죄송합니다, 네."

자그마한 남자가 고개를 끄덕이고 꾸벅꾸벅 머리를 숙였다.

"그래. 그러면…… 됐어. 마음대로 해. 우리는 이 수배서에 적힌 사람과 다른 사람이니 너희가 그렇게 생각하면 보고하든 말든 마음대로 해."

리오는 몇 초 생각하다 남자에게 말했다. 내용을 외우고 수배서도 돌려줬다.

"네? 괘, 괜찮으십니까?"

남자들이 눈을 깜빡이며 물었다.

"싸우기 전에 말했잖아. 동료에게 사람 죽는 장면을 보여주고 싶지 않다고. 그래도 이 이상 일방적으로 쓸데없는 일에 휘말리는 건 사양이야. 우리는 가겠어. 가죠, 여러분."

리오는 담박하게 말하고 주변 사람들을 둘러보며 가자고 재촉했다. 그리고 앞장서서 서쪽을 향해 걸었다.

세리아와 크리스티나 일행도 리오 뒤를 쫓았다. 떠나며 남자들을 힐끗 보았지만, 아무 말 않고 걸었다.

"사……살았……나?"

남자들이 멍한 얼굴로 서쪽 가도로 가는 리오 일행의 뒷모습을 바라보았다.

◇ ◇ ◇

"오피아 씨, 잠깐 괜찮을까요?"

한편, 리오는 거친 평지에서 길로 돌아와 오피아를 조금 떨어진 곳으로 불렀다.

"네. 왜 그러세요?"

오피아가 고개를 갸웃거리며 용건을 물었다.

"지금 에어리얼이 주위를 경계 중인가요?"

크리스티나 일행은 에어리얼이 있는 줄 모르니 작은 목소리로 물었다.

"네. 실체화해서 하늘에서 지상을 내려다보고 있어요."

"이 주변에 수상한 사람은 없다던가요?"

리오가 고개를 들어 에어리얼을 보고 연달아 물었다.

"적어도 지상 반경 1킬로미터에는 없어요. 사라와 아르마는 헬과 이프리타를 영체화해서 근방을 돌아다니게 하고 있는데 별다른 말 없는 걸 보니 그런 사람은 없는 것 같아요."

"그러면…… 지상이 아니라 하늘은요? 에어리얼이 있는 곳보다 더 위에 사람은 없나요?"

"잠깐 확인해볼게요. 사람은…… 없네요. 비행생물은 드문드문 보여요. 그런데 보시다시피 오늘 구름이 많이 껴서 구름 낀 곳은 확인할 수 없어요."

"그렇군요."

"탐색 범위를 넓힐까요?"

그만큼 정밀도는 떨어졌다.

"만약을 위해 부탁드려요. 제 생각이 지나친 걸 수도 있는데 걱정이 돼서……."

"아니에요. 부탁하고 올게요."

오피아가 좋아하며 고개를 젓고 에어리얼에게 지시를 전달했다.

"저들과 이야기해보고 새로 알게 된 것도 있으니 길을 벗어나 동쪽으로 돌아가기 전에 정보를 공유할까요?"

리오는 그 사이에 다른 사람들에게 다가가 말했다.

"우리와 비슷한 특징을 가진 사람들이 지명수배된 건 그냥 우연이 일치라고 생각했어요. 하지만 우연의 일치로 치기에는 우리와 비슷한 정보가 너무 많았죠. 그래서 샤를이나 레이스 중 누군가가 수배서와 연관이 있다고 봅니다."

"동감입니다."

크리스티나가 생각에 잠겨 리오에게 동의했다.

"샤를이나 레이스 중 하나가 수배서 작성에 관련됐다고 간주하고 주목할 부분은 새로 판명된 세 가지 정보예요. 하나는 수배서가 다름 아닌 크레이아에서 작성됐다는 것. 두 번째는 수배범 중에 어느 귀족의 연고자가 있다는 것.

세 번째는 그 귀족이 연고자를 구하기 위해 모험가를 고용해 연고자의 신병을 먼저 확보하려고 한다는 것."

리오는 오른손 손가락을 하나씩 세우며 말했다.

"세 가지 정보를 합치면 세리아 선생님이 연상됩니다."

크리스티나가 사실을 따졌다.

"역시 그런가요?"

세리아가 불안해하며 물었다.

"네. 하지만 세 번째는 크렐 백작이 할 것 같지 않은 행동이에요."

"이유를 여쭤도 될까요?"

세리아가 조심스레 크리스티나에게 물었다.

"크렐 백작이라면 선생님이 무사히 도망치는 쪽에 걸 겁니다. 그렇게 싫어하는 샤를 앞에 선생님을 끌어내리려고 할 리가 없습니다."

크리스티나가 딱 잘라 말했다.

'그런 망할 놈에게 세리아를 주느니 평생 독신으로 살라고 하셨지.'

리오가 크렐 백작의 과격한 발언을 떠올리고 웃었다.

"맞아요."

세리아도 기뻐하며 안심한 듯 키득 웃었다.

"같은 이유로 저는 크렐 백작이 우리 정보를 샤를에게 흘렸을 것 같지 않습니다. 적어도 샤를이 크렐 백작을 경유해 두 번째 정보를 얻지는 않았을 거예요. 크렐 백작은 세 분이 있는 줄도 모르고요."

리오가 두 번째 정보도 크렐 백작이 관여했을 리 없다고 말했다.

"그렇죠. 오히려 레이스가 샤를에게 세리아 선생님 이야기를 했다고 생각하는 게 앞뒤가 맞아요. 하지만……."

"샤를이 우리 정보를 갖고 있다면 수배서 내용이 정확하지 않은 이유가 설명되지 않다는 거요?"

"네. 수색부대장인 샤를이 일부러 정보를 숨기고 가짜 용의로 이런 어정쩡한 수배서를 만들 이유가 없지 않습니까? 그러면 가능성은 둘 중 하나네요."

"수배서는 우연의 일치이거나 우연의 일치가 아니라면 레이스가 단독으로 날조했을 가능성이 가장 크죠?"

"네, 바로 그겁니다."

크리스티나가 무척 원활하게 리오와 의견을 주고받고 만족스럽게 고개를 끄덕였다.

"그 정도 정보로 어떻게 그렇게 확신을 가지고 말씀하실 수 있어요?"

"으아아, 무슨 말인지 반도 이해 못했어."

"그건 좀 노력하세요, 선배……."

코우타와 레이가 넋이 나간 얼굴로 말했다.

"전하는 어릴 적부터 천재적인 두뇌와 날카로운 통찰력을 지니셨다. 이 정도는 당연하다."

바네사가 자랑스럽게 말했다.

"이 정도는 별거 아니야. 수배서를 날조한 게 레이스라도 중요한 걸 모르잖아. 레이스가 어떻게 세리아 선생님이 우리와 동행한 걸 아는지, 언제 알아챘는지 등등."

크리스티나는 어두운 표정으로 생각에 잠겼다.

"만약 우리가 아는 레이스가 프로키시아 제국의 대사와 동일인물이라면 샤를의 초대로 결혼식에 참가해 제가 세리아를 데려간 현장에 있었을지도 모릅니다."

리오가 그럴싸한 경위를 추측했다.

"그렇다면 아마카와 경이 세리아 선생님과 함께 있는 걸 알고, 얼굴만 알아도 이상하지 않군요. 충분히 있을 법합니다."

크리스티나가 흠, 하며 고개를 끄덕였다.

"네. 수배서 내용이 모호한 건 레이스가 전하를 노리는 걸 샤를이 모르게 하고 싶어서일 겁니다. 실명을 포함한 구체적인 정보는 일부러 적지 않은 게 아니라 적지 못했다고 생각하면 설명이 돼요."

리오가 덧붙였다.

"그러면 레이스가 제 목숨을 노리는 것은 샤를의 의도와 관련이 없겠군요."

크리스티나가 괴롭게 얼굴을 찌푸렸다.

"아마도요."

리오는 고개를 위아래로 끄덕였다.

"어떡하나? 레이스가 크리스티나 님의 목숨을 노리고

있을 가능성이 더 커졌는데…….”

바네사가 복잡한 얼굴로 불안스레 물었다.

“할 일은 똑같습니다. 레이스가 노리고 있을 위험성이 커졌으니 앞으로는 더 경계를 강화하고 목적지로 가는 수밖에 없습니다.”

늑장부리다 레이스에게 따라잡혀서는 안 되니 멈춰있을 시간이 없었다. 도망자가 할 수 있는 일은 전진뿐이었다. 리오는 이야기를 정리했다.

“그렇군. 출발하는 수밖에 없나.”

바네사가 탄식하며 받아들였다.

“당초 예정대로 서쪽으로 가는 척하며 동쪽으로 가죠.”

리오가 제안하고 방향을 바꾸려고 했다.

‘그런 모험가를 이용하지를 않나, 날조한 수배서 내용은 어정쩡하고, 이상하게 엉성하다고 해야 하나 조금 노골적으로 그 녀석의 그림자가 숨어있는 것 같은데…….’

생각은 정리했지만, 괜히 찜찜했다.

하지만 여기서부터는 가능성을 전제로 한 가능성을 생각해야 하니 생각해봤자 답은 나오지 않았다. 그냥 과민반응일 수도 있었다.

“그래요. 지금은 길을 서두르죠.”

크리스티나도 불안한 모양이었으나 전진하는 수밖에 없다는 것을 아는지 생각을 바꿨다. 얼굴에 긴장이 서렸다.

리오 일행은 동쪽 국경을 향해 가도를 벗어나 골짜기에

올라 U턴하는 식으로 다시 동쪽으로 떠났다.

❰ 　막간　❱ ✧ 밀담, 다시

　한편, 리오가 오피아에게 부탁해 에어리얼이 경계범위를 넓힌 직후.

　까마득한 상공, 수 킬로미터는 떨어진 곳에서 두 사람이 리오 일행을 감시했다. 그리핀을 탄 사람은 역참마을 모험가들에게 수배서를 건넨 알레인이었다. 그 옆에 어젯밤에 보고를 받고 알레인이 있는 곳에 온 레이스가 그리핀도 없이 자력으로 공중에 떠 있었다.

　왜 두 사람이 이곳에 있느냐면 사실 알레인은 역참마을 모험가에게 의뢰한 후부터 계속 근처에 잠복하고 있었다. 가끔 그리핀을 타고 마을에 들어가는 사람이나 마을을 우회하려는 사람이 있는지 감시하기 위해서였다. 그러다 리오 일행을 발견했고 이 마을에 숙박한 것을 알게 되자마자 레이스에게 보고하러 갔다.

　지금은 레이스의 지시를 받고 리오 일행과 멀찍이 떨어져 구름에 숨어 감시 중이었다.

　"정말 거리를 이렇게나 벌릴 필요가 있을까요?"

　알레인이 너무 요란하지 않나, 반신반의한 얼굴로 물었다. 이 위치에서는 마검으로 신체강화를 해도 리오 일행이 쌀알만한 크기로 보였다. 어지간히 주의를 기울이지 않으면 놓쳤다.

"네, 있습니다. 특히 하늘을 나는 저들의 새가 아주 거슬리네요. 지상, 상공 상관없이 반경 1킬로미터 권내는 그들의 탐색권내라고 생각하세요. 미행하는 수상한 자가 있으면 눈 깜빡할 사이에 감지할 겁니다. 항시 구름에 몸을 숨기고 저 새가 다가오면 바로 퇴각하세요. 알겠죠?"

레이스가 망설임 없이 고개를 끄덕이고 말했다.

"네, 알겠습니다……."

알레인이 긴장했는지 딱딱하게 고개를 끄덕였다.

"당신은 계속 저들을 감시하세요. 저는 루치와 벤을 불러 샤를에게 가겠습니다. 질문 있요?"

레이스가 떠나기 전에 물었다.

"질문까지는 아니지만, 신경 쓰이는 게 있습니다. 그 수배서 때문에 저들이 우리……라기보다는 레이스 님을 더 경계하지 않을까요?"

"그렇겠죠. 크리스티나 공주는 물론, 회색 머리카락의 남자도 머리 회전이 빨라요. 제가 저 수배서를 날조한 줄 알았을 테고 제가 샤를과 함께 노리는 것도 알 겁니다. 그 때문에 일부러 그들 앞에 홀로 나타나 왕녀를 공격한 거니까요."

레이스가 즐겁게 웃으며 수긍했다.

"그래도 됩니까?"

"네. 제가 샤를과 따로 움직이는 인상을 심어주면 심어줄수록 그 경계심은 저를 향할 테죠. 그렇기에 지금 이 순간부터 샤를과 결탁하는 데 의미가 생기는 겁니다. 즉, 뒤를 치기 쉬워지는 거죠."

"그렇군요."

알레인이 숨을 삼키고 맞장구를 쳤다.

"재미있는 건 지금부터예요. 저들을 놓치지 마세요. 부탁합니다, 알레인."

그 말을 남기고 레이스는 떠났다.

"우리 편이지만, 무서운 사람이야, 정말."

알레인이 굳은 얼굴로 중얼거렸다.

그날 밤.

크레이아.

크렐 백작저택 부지에 있는 영빈관.

샤를은 수색본부로 쓰는 집무실에서 얼굴을 잔뜩 찌푸리고 의자에 앉아있었다. 눈앞에는 그의 휘하에 있는 기사들이 있었다.

"5천 명을 배치하고 며칠이 지났는데 아무런 단서도 잡지 못 하다니."

"죄송합니다……."

기사들이 샤를에게 고개를 숙였다. 각 방면의 수색부대 지휘관인 그들은 샤를에게 임명된 이들이었다.

"정말 죄송하면 결과로 보여줬으면 좋겠군. 날이 갈수록 수색범위가 넓어지니까."

샤를이 기분 나빠하며 코웃음 쳤다.

'젠장. 어디 있는 거야? 이동거리를 벌려고 말 몇 마리라도 샀다면 눈에 띄어서 바로 잡을 텐데 그런 짓은 하지 않았어. 걸어서 이동할 수 있는 범위에 있는 가도는 물론이고 도시 안까지 꼼꼼히 조사했지. 공수부대를 띄워서 지상을 내려다보고 있어. 숲과 산에 잠복했더라도 곱게 자란 왕녀와 아무런 훈련도 받지 않은 풋내기가 있으니 계속 도망칠 수는 없을 텐데……'

초조함만 쌓여갔다.

그때였다.

똑똑, 누군가가 문을 두드렸다.

"들어와……."

불쾌함이 밴 퉁한 목소리로 문밖에 있는 사람에게 명령했다.

"샤를 님, 지난번에 오신 장 베르나르라는 분이 다시 오셨습니다만……."

들어온 경비병이 샤를에게 조심스럽게 보고했다.

"뭐? 큭, 알았다. 바로 가지. 응접실로 안내해."

샤를은 잠깐 어두운 얼굴을 찌푸리고 의자에서 일어났다.

"네!"

경비병은 바로 돌아갔다.

"너희는 자리로 돌아가. 무슨 일 있으면 바로 보고해."

샤를은 기사들에게 지시하고 방을 나가 응접실로 발을 옮겼다.

"샤를 님, 장 베르나르 님입니다."

1분도 되지 않아 경비병과 함께 레이스가 들어왔다.

"잘 왔네, 레이스 공."

문이 닫히고 둘만 남자 샤를이 일어나 웃으면서도 조금 불편해하며 환영했다.

"매번 감사합니다, 샤를 님."

레이스는 감정을 읽기 어려운 미소를 지으며 대답했다.

"괜찮네만, 무슨 일이신가?"

"저번에도 말씀드렸습니다만, 도시가 흉흉해서요. 며칠 전에는 새벽부터 큰 소란이 벌어진 모양이고요."

"저번에도 말했다만, 잠복 중인 중범죄자가 도망을 꾀해서……."

"그랬군요."

레이스가 싱긋 웃으며 맞장구 쳤다. 거북한 사람은 샤를이었다. 결혼식 소동이 벌어지자마자 이번에는 크리스티나가 실종되어 추적하고 있다고 말하기가 쉽지 않았다. 그런 말을 하면 상황이 더 나빠질지도 모르니까.

"레이스 공은 요 며칠 동안 계속 크레이아에 계셨나? 여기서 뭐하시나? 누군가를 쫓는 중이라고 했던 것 같은데."

샤를이 레이스의 속내를 찔러보듯 안색을 살폈다.

레이스는 나라를 떠나 친애하는 친구이고 아르보 공작가가 부흥하는데 그늘에서 최선을 다해준 공로자이기도 했다.

그래서 신용은 하지만, 벨트람 왕국에서 여기저기 쑤시고 다니면 신경 쓰였다. 탐색하기 어려운 상대지만, 거북한 상황을 얼버무리기 위해서라도 물어보기로 했다.

"오늘은 상의라고 해야 하나, 제안할 게 있어서요."

레이스가 말을 꺼냈다.

"제안?"

샤를이 의아해하며 머릿속으로 물음표를 그렸다.

"크리스티나 왕녀의 실종은 저도 알고 있습니다."

레이스가 태연하게 말했다.

"어, 어떻게 그걸……?"

샤를은 깜짝 놀랐다. 말을 잃고 상기된 목소리로 물었다.

"초조한 건 알지만, 이런 소동이 벌어졌는데 모를 줄 알았습니까?"

"미, 미안하군. 반드시 잡아서 데려오겠네."

레이스에게 눌린 샤를이 초조한 얼굴로 주장했다.

"네. 그러지 않으면 곤란하죠. 미래를 위해 아르보 공작가는 소중한 비즈니스 파트너이니까요."

"으, 음. 최선을 다하지. 아직 그리 멀리 가지는 못 했을 거야."

"아뇨. 크리스티나 왕녀는 로다니아와 제법 가까이에 있습니다."

"뭐……?"

샤를이 당황했다. 레이스의 말이 크리스티나가 어디 있는지 알고 있는 것처럼 들렸다.

"사실 저는 크리스티나 왕녀가 어디 있는지 압니다. 지금은 부하에게 그들을 감시하게 해놓았죠."

레이스가 술술 말했다.

"오, 오오! 역시 레이스 공이야! 이 얼마나 유능한지!"

샤를이 레이스를 절찬했다.

'당신이 무능한 거죠.'

그래서 조종하기 쉽기도 했다. 레이스는 그런 생각을 티내지 않았다.

"그런데 난처하게도 크리스티나 왕녀에게 함부로 손쓸 수 없는 강력한 호위가 붙어있습니다."

레이스가 한탄하며 말했다.

"강력한 호위?"

"마검 소유자가 넷은 있는 것 같습니다."

"뭐…… ."

샤를은 할 말을 잃었다. 넷이라는 숫자는 호위 인원으로 보면 최소한이지만, 모두 마검 소유자라면 한 명을 호위하기에는 너무 과했다.

"일단 저도 마검 소유자 셋을 준비했어요. 하지만 똑같은 마검 소유자라도 실력 차이가 있습니다. 넷 중에 한 명이 참으로 성가셔서 정면으로 부딪치기엔 불안해요."

"자, 잠깐! 잠깐만 기다려보게!"

레이스가 담담히 말하자 샤를이 당황하며 말렸다.

"왜요?"

"마검 소유자가 넷이라니 말이 안 되지 않나! 군대를 상대할 규모의 전력이야. 크리스티나 왕녀는 대체 어디서 그런 사람을 모았단 말인가?!"

샤를이 허둥지둥 물었다.

"넷 중 하나가 당신도 이름은 아는 사람이에요. 다른 셋은 그 사람의 일행입니다."

"나도 이름을 아는 사람?"

"하루토 아마카와. 얼마 전에 가르아크 왕국의 명예기사가 된 소년입니다."

"뭐……. 부, 분명히 연회자리에서 크리스티나 왕녀와 몇 번 접촉했다는 보고는 들었네. 서, 설마 그때 의뢰를?!"

하루토의 이름이 나오자 샤를이 놀라서 안색을 바꾸고 추측했다.

'당신에게서 세리아 크렐을 빼앗은 사람이기도 하죠. 아마 그녀가 연결해줬겠죠. 이야기가 복잡해질 테니 가만히 있을까요.'

레이스는 속으로 비웃었다.

"자세한 경위는 저도 모릅니다만, 마검 일격으로 아룡의 브레스를 정면으로 쳐냈다는 소문이 났다죠? 소문이 절대

과장은 아니란 뜻입니다. 게다가 마검 소유자가 셋이나 동행하는 인맥. 프로키시아 제국도 그의 동향을 은밀히 주목하고 있었습니다. 제가 몰래 쫓던 사람이 이 사람이에요. 쫓다보니 크리스티나 왕녀를 호위하고 있어서 깜짝 놀랐지 뭡니까."

사실도 섞어서 그럴싸하게 이야기를 만들어냈다.

"이, 일이 그렇게 된 거였나. 으음⋯⋯."

샤를이 얼굴을 찌푸리고 끙끙댔다.

"그들은 마검 신체강화로 이동거리를 버는 방법을 써서 이대로라면 며칠 내로 가르아크 왕국 국경을 건널 겁니다. 그러면 당신은 손쓸 방법이 없고 크리스티나 왕녀는 안심하고 로다니아로 도망치겠죠."

"이미 우리가 예상한 도주권 밖으로 나갔다니. 크윽, 못 찾는 게 당연해."

"현실은 생각보다 긴박합니다. 그리고 할 말은 또 있어요. 같이 싸우지 않겠습니까? 제가 데리고 있는 마검 소유자들은 알프레드 에마르 경 수준은 못 되지만, 나름의 실력자들이에요. 힘을 합치면 크리스티나 왕녀를 막을 수 있을 겁니다. 계획도 이미 세워놨어요."

이를 가는 샤를에게 레이스가 싱긋 웃으며 제안했다.

정령환상기

【 제 4 장 】 ❈ 국경을 앞에 두고

역참마을에서 모험가들과 얽히고 사흘이 지났다. 리오 일행은 그동안 동쪽으로 이동해 드디어 가르아크 왕국 국경 부근에 도착했다.

시각은 오전. 리오 일행은 오전 내에 국경 방어선으로 쓰는 성채도시에 도착하려고 했다. 모두 도시에 들어가기 전에 리오가 먼저 도시 상황을 확인하러 갔다.

세리아 일행은 성채도시 서문에서 조금 떨어진 숲에 숨어 리오가 돌아오길 기다렸다. 조금 이른 점심을 준비해 먹고 있을 때…….

"기다리셨죠?"

리오가 근처에 나타나 일행이 경계하지 않게 말을 먼저 걸었다.

사라와 아르마의 계약정령인 헬과 이프리타가 영체화해서 주변을 경계했고 오피아의 계약정령인 에어리얼은 실체화해서 상공에서 주변 상황을 살피는 중이니 리오가 다가오는 줄 알았을 것이다(에어리얼만 실체화한 이유는 영체화보다 실체화했을 때 생물기능이 크게 향상돼서 탐색 능력이 오르기 때문이다).

"어서 와, 하루토. 어땠어?"

세리아가 돌아온 리오를 보고 잰걸음으로 다가갔다.

"이곳 게시판에도 수배서는 없었어요. 수색부대로 보이는 사람들이 수색하는 것 같지도 않은데 성채도시라서 돌아다니는 병사가 많아요."

리오가 일행에게 보고했다.

성채도시에 도착하기 전에 들른 도시와 마을에도 수배서는 없었다.

"국경 근처 성채도시에도 수배서가 없으니 그 마을 수배서는 위조된 게 분명하군요."

크리스티나가 단언하고 고민스러운 한숨을 내쉬었다.

정보 정확도가 오른 것은 다행이지만, 내용 때문에 기뻐할 수 없었다.

"레이스는 우리가 그 마을에 갈 줄 알았던 거예요. 살려준 모험가들에게 우리가 서쪽으로 돌아갔다는 말을 들었을 텐데 얼마나 속였을지는……."

리오는 눈썹을 찌푸렸다.

"바꿔 생각하면 우리는 실질적으로 레이스만 경계하면 된다. 여태까지 수색부대를 만나지 않은 것을 생각하면 확실할 거다."

바네사가 소극적인 크리스티나와 리오와 대조적으로 적극적으로 분석했다. 그래도 크리스티나의 표정은 풀어지지 않았다.

"샤를이라면 그럴지도 모르지만……."

문제는 레이스였다. 역참마을 사건 이후, 별다른 일 없이 순조롭게 여기까지 왔다. 하지만 너무 잘 풀린다고 해야 하나 정말 이대로 아무 일 없이 로다니아에 갈 수 있을지 크리스티나는 불안하기만 했다.

너무 순조로워서 안 좋은 예감이 들기는 리오도 마찬가지였다.

"일단 지금 목표는 코앞에 있는 국경을 건너는 거예요. 하다못해 추적부대 걱정이라도 덜게 최대한 빠르게 갑시다. 지금 출발하면 오늘 내로 충분히 국경을 건널 수 있을 거예요."

리오가 일행에게 제안했다. 앞에 있는 성채도시를 지나면 국경을 건널 때까지 아무것도 없었다.

국경까지 얼마 남지 않았다.

'무슨 일이 벌어져도 대응할 수 있게 앞으로 가자. 레이스가 무슨 짓을 하든 달라지는 건 없어.'

리오는 출발 전에 다시 마음을 다잡았다.

리오 일행은 성채도시로 향했다. 저번 역참마을 사건 이후, 샤를과 추적부대가 인원구성을 알아냈을지도 몰라서 도시와 역참마을을 들를 때마다 만약을 위해 두 그룹으로 나뉘어 문을 통과했는데 이번에는 일부러 아홉 명이 모여 성채도시로 들어가기로 했다.

아무 문제없이 문을 통과하면 샤를의 추적부대가 그들의 인원구성을 모른다고 확인할 수 있기 때문이었다.

"별다른 문제없이 쉽게 들어왔네요."

아무 문제없이 성채도시 안으로 들어오자 긴장이 풀렸는지 세리아가 말했다.

"당연한 일 아니겠나. 샤를은 우리가 아직 반절밖에 못 갔을 거라 생각할 테니까. 문지기가 통행인의 머리카락 색을 신경 쓰는 걸 보니 잘 속인 모양이다."

바네사가 도시 상황을 살피며 말했다. 성채도시는 돌아다니는 사람이 많아 활기차고 매우 평화로워 보였다.

리오가 앞에서, 세리아는 옆에서, 크리스티나와 바네사는 그 뒤, 그 뒤에는 코우타와 레이, 가장 뒤에는 사라, 오피아, 아르마 순으로 서서 도시 대로를 서쪽에서 동쪽으로 지났다.

혹시 추적부대가 있을지도 모르니 크리스티나와 바네사, 코우타와 레이는 후드를 썼다. 다른 사람은 후드를 벗고 걸었다.

세리아와 사라 일행의 외모는 이번에도 눈길을 끌었다. 이번에는 통행인이 많아서 스쳐갈 때 두세 번 돌아보는 정도였다. 그러다 앞을 못 봐 부딪히는 사람이 있지를 않나, 커플은 한눈판 남자가 여자에게 혼이 나는 등 난리도 아니었다.

서문과 동문을 잇는 대로를 지나 가도로 나갔다.

"갈까요? 한 시간 쯤 걸으면 국경을 건널 수 있을 거예요. 진형은 평소처럼 제가 앞에 서고 세 분은 전하와 세리아를 에워싸듯이 부탁드려요."

리오가 동문을 나와 국경으로 이어지는 가도 앞을 응시하며 일행에게 말했다. 리오, 사라, 오피아, 아르마가 마름모 모양으로 전 방위를 경계하며 걸었다.

오늘 날씨가 쾌청해서 그런지 리오 일행 외에도 국경을 건너려고 동문을 지나는 사람이 드문드문 있었다.

주변 전망이 좋았다. 10분 쯤 걸으니 뒤에 있던 도시가 사라졌다. 그로부터 몇 분이 지났다.

'가르아크에서 벨트람으로 가는 사람이 생각보다 없네. 하긴 요즘은 벨트람이 혼란스러워서 좋아서 가는 사람은 적겠구나.'

맞은편에서 오는 사람이 아무도 없어서 그런 생각이 들었다. 주위를 둘러보니 거의 같은 타이밍에 성채도시를 나온 모험가들이 여기저기 보였다. 그때였다.

앞에서 걷던 모험가 네 명이 사라졌다. 30대 중반에 검을 소지한 남자 셋과 외투 후드를 써서 얼굴을 가린 키 크고 마른 남자 하나.

"여러분, 왼쪽으로 붙어주세요."

리오가 일행에게 지시했다. 가도에서 맞은편에서 오는 사람을 만나면 한쪽으로 붙어서 통행하는 것이 매너였다. 괜한 문제를 일으키지 않기 위한 처세술이기도 했다.

그런데 후드를 쓴 마른 남자가 리오 일행 앞에 일부러 끼어들어 진로를 방해하며 멈췄다.

"멈추세요."

리오는 뒤돌아보지 않고 일행에게 지시했다. 뒤에 있던 세리아와 크리스티나 일행이 우뚝 멈춰 섰다.

한편, 마른 남자 외의 세 명이 리오 일행을 에워쌌다.

"이거 참, 우연이네요."

후드를 쓴 남자가 말했다. 들어본 목소리였다.

"레이스."

리오는 허리에 찬 검을 뽑고 레이스를 노려봤다. 뒤에서 사라 일행도 무기를 들었고 모험가 셋도 검을 뽑았다.

"어라, 의외로 안 놀라네요?"

레이스가 놀란 척하며 말했다.

"수배서 덕분에 네가 우리를 찾는 줄 알았거든. 이동 루트를 파악하지 못 하게 위장하긴 했지만, 언제 어디서 공격해도 이상하지 않다고 생각했어."

"하하, 역시. 무서운 분이네요."

"전혀 그렇게 생각하지 않는 것 같은 대사네."

"그럴 리가요. 저는 당신이 무섭습니다."

"그런 것치고는 당당하게 나타났잖아? 크리스티나 왕녀 전하의 목숨을 노리나?"

리오가 차가운 눈빛으로 조용히 물었다.

"후후."

레이스는 자신만만하게 웃었다.

"네게 물어보고 싶은 게 있다. 이 자리에서 쓰러뜨려주마."

이 이상의 대화는 필요하지 않았다.

"우리 단장 루시우스 님이요? 아니면 당신의 과거……
이런, 위험해라."

리오가 검을 겨누자 레이스가 비웃으며 리오의 용건을
맞추려고 했다. 그러나 말을 맺기 전에 리오가 돌진해서
검을 휘두르자 레이스가 뒤로 크게 도약했다.

"너는 뭘 꾸미는지 모르겠거든. 대화는 쓰러뜨린 다음에
해도 돼."

리오는 레이스를 날카롭게 노려봤다.

"그런 말씀 마시죠. 오늘 모처럼 천상의 사자단원까지
데려왔으니. 당신과 인연 있는 분의 부하랍니다. 제법 실
력파예요. 저들과 좋은 승부를 겨룰 수 있을 겁니다."

레이스가 태연하게 말하고 사라 일행을 노려보는 알레
인, 루치, 벤을 보았다.

"잠깐 놀아줘, 아가씨들."

루치가 대치중인 아르마에게 말했다.

"놀지 마, 진지하게 해."

오피아와 마주 선 벤이 말했다.

"내 상대는 너군. 제법 성질 있어 보이는데."

알레인은 자신만만하게 웃으며 사라를 도발했다.

"……."

사라 일행은 남자들의 도발에 넘어가지 않고 상대가 어떻게 나올지 묵묵히 살폈다. 그들의 거리는 5미터. 누군가 한 발이라도 내디디면 바로 전투가 시작될 긴장감이 감돌았다.

　'훈련량과 기량은 제쳐놓고 세 사람은 살인을 전제로 한 대인전투 경험이 압도적으로 부족해. 반면 저들은 망설이지 않고 사람을 죽일 수 있어. 우리는 호위대상인 세리아 선생님과 크리스티나 왕녀도 있어. 저들의 실력에 따라서는 불리할 수도 있겠는데.'

　이 상황에는 세리아, 크리스티나 일행과 떨어져서는 안 됐다. 리오는 레이스와 몇 미터 거리를 두고 노려보며 뒤에 있는 사라 일행을 생각했다.

　"실력자들이 4대 4로 노려보는군요. 이러면 교착상태에 빠질 게 뻔하겠죠? 하지만 만약 우리에게 동료가 더 있다면?"

　레이스가 씩 웃었다.

　'뭐……?'

　리오가 의아하게 눈썹을 찌푸렸다. 이 자리에는 리오 일행과 레이스 쪽 사람뿐이었다.

　'설마?!'

　성채도시에서 리오 일행과 거의 동시에 떠난 모험가들이 있었다. 리오는 갑자기 가도에서 일촉즉발의 상태에 빠진 그들을 구경하는 저들이 레이스의 동료라고 생각했다. 그 인원은 십여 명.

"좋아! 돌격해!"

그 순간, 루치가 외쳤다.

"《인챈트 피지컬 어빌리티》."

가도에 있던 남자들이 일제히 주문을 외우고 검을 뽑았다.

"와아아아아!"

그들은 리오 일행이 만든 진형으로 일제히 돌격했다.

"뭐야?!"

사라 일행은 허를 찔려 당황했다.

누구보다 먼저 리오가 움직였다.

"뭣?!"

가장 가까이 있던 모험가들 앞에 순식간에 끼어든 리오는 검으로 폭풍을 일으켜 남자들을 날려버렸다.

"사라 씨, 오피아 씨, 아르마 씨! 적의 포위망이 뚫린 곳으로 세리아와 전하를 데리고 먼저 가세요! 이곳은 제가!"

"⋯⋯!"

사라 일행은 망설였다.

"내버려둘 것 같냐!"

루치가 소리 지르며 리오를 공격했다.

"조용히 해."

리오는 루치를 향해 수평으로 검을 휘둘렀다. 서로의 검이 부딪쳤다.

"윽⋯⋯ 어이쿠!"

서로의 검이 부딪치자 루치의 몸이 10미터는 날아갔다.

마검급 검이 아니고 신체강화마술로 육체 강도를 강화하지 않았으면 검과 몸이 같이 썰렸을 위력이었다.

"뭐야, 이 녀석⋯⋯. 어떤 성능의 신체강화마술을 쓴 거야?"

루치가 딱딱한 미소를 짓고 몸을 부르르 떨며 말했다. 일제히 돌격하던 모험가들도 그 광경을 보고 멈춰 섰다.

"뭘 멍하니 있어?! 그러다 죽고 싶어?!"

알레인이 놀라서 소리 쳤다. 이러는 동안에도 리오는 다음 모험가를 타깃으로 삼고 폭풍으로 날려버렸다.

"여러분, 빨리요!"

리오는 사라 일행에게 지시했다.

"여러분, 이쪽으로! 아르마, 오피아는 뒤를!"

사라가 정신을 차리고 리오가 포위망을 뚫은 곳으로 돌진했다. 세리아 일행이 뒤따랐다.

"루치, 벤! 방심하지 마! 단장을 이긴 녀석이야! 우물쭈물하다간 죽어! 비장의 수를 써! ≪인챈트 피지컬 어빌리티≫."

알레인이 주문을 외우고 리오에게 돌진했다. 정령술로 한 신체강화와 마법이나 마술로 한 신체능력강화. 보통은 아무리 노력해도 후자는 전자를 이길 수 없었다.

"윽⋯⋯."

리오는 조금 당황했다. 알레인의 속도는 일반적인 신체능력 강화마법으로 끌어올릴 수 있는 속도를 훨씬 능가했다. 심지어 상당한 마력을 실은 신체강화 정령술에 맞먹는 속도였다.

'일반적인 신체능력 강화마법이 아닌가?'

리오는 그런 생각을 하며 알레인의 공격을 막았다.

"아무렇지도 않게 막기는……."

알레인의 표정이 굳었다.

"≪인챈트 피지컬 어빌리티≫."

루치와 벤도 주문을 외웠다. 기하학 문양 마법진이 떠올라 그들의 몸을 에워쌌다.

"온몸이 근육통에 시달려서 쓰기 싫다고!"

"죽는 것보단 나아!"

루치와 벤이 다른 방향에서 리오에게 돌격했다.

알레인과 같은 속도. 루치도 마검으로 신체강화를 걸었는지 일반적인 신체능력 강화마법보다 훨씬 빨랐다.

"이 녀석은 우리 셋이 막는다! 너희는 도망친 놈들을 쫓아!"

루치가 아직 남아있는 모험가들에게 명령했다. 모험가들은 도망가기 시작한 사라 일행의 뒤를 쫓았다.

'마검 신체강화와는 별개로 마법으로도 신체능력을 강화했나.'

무리한 행동이었다. 이른바 이중강화였다. 마검에 깃든 신체강화마술보다 신체능력을 더 강화할 수 있는 있지만, 육체에 상당한 대미지가 쌓인다.

그러나 효과가 뛰어나서 알레인, 루치, 벤은 셋이서 어찌어찌 리오를 상대했다.

"레이스 님, 저희도 오래는 못 버팁니다!"

알레인이 레이스를 향해 외쳤다.

"앗?!"

리오가 순간의 틈을 노려 알레인 일행의 포위망을 뚫고 순간이동이라도 하듯 순식간에 세리아 일행을 쫓는 모험가들에게 달려가려고 했다.

"그렇게는 안 되죠."

레이스가 빠르게 이동해 모험가들에게 달려드는 리오에게 초고속으로 라이트볼을 연사했다.

"윽……!"

리오는 검을 휘둘러 라이트볼을 벴다.

레이스의 공격은 그걸로 끝이 아니었다. 주문을 외우지 않고 속속 라이트볼을 만들어 리오를 향해 발사했다. 비처럼 쏟아지는 라이트볼에 리오는 지그재그로 방향을 바꿔 한 발도 맞지 않고 회피했다.

"엄청난 반응속도로군요."

레이스가 감탄하며 중얼거렸다.

알레인, 루치, 벤이 왔다.

"죄송합니다, 레이스 님."

알레인이 레이스에게 사과했다.

"제대로 묶어놔야죠."

레이스가 아이고, 하며 말했다.

"저놈이 갑자기 엄청난 속도로 움직였지 뭡니까."

루치가 말했다.

"바람으로 가속한 거예요. 비행 정령술을 응용한 것 같은데 대담하군요. 실수로 어딘가에 부딪히기라도 하면 대미지가 클 테니 수준에 맞는 신체강화를 병행해야 합니다. 인간이 쓸 수 있는 기술이 아니네요. 어디보자, 시험 삼아 저도……."

레이스가 순식간에 사라졌다.

"윽!"

그 직후, 리오도 사라졌다.

사라진 두 사람은 질주하는 세리아 일행이 있는 곳으로 향했다. 50미터 정도 떨어져 있었지만, 순식간에 거리가 좁혀졌다.

리오는 간신히 레이스를 따라잡아 세리아 일행 사이에 끼어들었다. 레이스도 급히 멈춰 섰다.

"어, 어느 틈에……."

마법으로 신체능력을 강화하고 도주 중이었는데 갑자기 뒤에서 리오와 레이스가 나타나자 코우타와 레이가 깜짝 놀랐다. 크리스티나와 바네사의 눈도 커졌다.

"역시 원조 속도는 못 따라가겠네요. 당신 정말 인간인 가요?"

크리스티나 일행이 경악하든 말든 레이스가 태연한 얼굴로 리오에게 물었다.

"그럼 넌 뭔데?"

리오가 담담히 되물었다.

"하하."

레이스가 기분 나쁘게 웃었다. 알레인, 루치, 벤이 또 쫓아왔다.

"레이스 님이 그 녀석을 상대하는 게 낫지 않겠습니까?"

알레인이 어이없어하며 말했다.

"십중팔구 제가 져요. 그런데 그것도 나쁘지 않겠네요."

레이스가 어처구니 없어했다.

"……."

리오는 묵묵히 레이스를 날카롭게 응시했다.

"이런. 지금 이동술로 당신의 허를 찌를 생각이었는데 원점으로 돌아왔군요. 정말 무서운 사람이네요."

레이스가 아쉬워하며 고개를 가로저었다.

"오피아, 다른 사람을 데리고 먼저 가세요. 아르마는 저와 이곳에 남아 하루토 씨를 돕습니다."

사라가 오피아와 아르마에게 지시하고 리오 옆에 섰다. 양손에 단검을 들고 전투태세에 들어갔다.

"알겠어요."

아르마도 메이스를 들고 리오 옆에 섰다.

"사라 씨……."

리오는 미안해하며 얼굴에 그늘을 드리웠다.

"이 레이스라는 남자의 힘은 마을 전사의 상위 레벨. 저

세 남자도 셋이 뭉치면 하루토 씨와 나름 싸울 수 있습니다. 하루토 씨가 한쪽을 공격하면 다른 쪽이 뒤를 칠 테니 저희가 남는 게 합리적입니다."

사라가 결연하게 말했다.

"죄송합니다. 두 분의 힘을 빌릴 수 있을까요? 레이스는 제가 상대하겠습니다."

리오가 감사를 담아 사라와 아르마에게 말하고 검을 고쳐 들었다.

"네. 저와 아르마는 나머지를 맡겠습니다."

사라가 알레인 일행을 다른 모험가들과 한 데 묶어 말하자 그들이 불쾌한지 눈썹을 찌푸렸다.

"오피아 씨, 세리아와 전하를 부탁합니다. 가능하면 국경을 건너가세요."

"네, 맡겨주세요! 가요, 여러분!"

오피아가 세리아와 크리스티나 일행을 데리고 다시 출발했다.

"하루토, 사라, 아르마 이겨야 해!"

세리아가 잠깐 뒤를 돌아보며 말했다.

"네." "네!"

세 사람이 대답하자 세리아가 오피아를 뒤쫓아 달렸다. 코우타와 레이도 함께 달렸다. 크리스티나도 멈춰 서서 세 사람에게 뭐라 말하려고 했다.

"크리스티나 님, 어서요!"

"응······."

그러나 바네사의 재촉에 괴로운 얼굴로 달렸다.

"이런."

레이스는 웃고만 있다가 말했다.

"알레인, 루치, 벤, 그리고 다른 분들. 저 아가씨들을 상대해주세요. 귀찮지만, 이자는 제가 상대하겠습니다."

"네. 다른 놈들과 똑같은 취급당하면 저희도 체면이 서지 않으니까요."

"버릇 좀 고쳐줄까."

알레인과 루치가 호전적인 표정을 지었다.

"부탁해요."

레이스는 그 말을 남기고 다시 모습을 감췄다.

'위.'

리오는 레이스를 쫓아 위로 날아올랐다. 곧 상공에서 거친 공방이 시작되고 굉음이 울려 퍼졌다.

"아, 진짜 말도 안 되는 괴물이네. 단장이 왜 중상을 입었는지 알겠어."

루치가 기막혀 하며 하늘을 올려다봤다.

"레이스 님도 한계가 없는 분이라고 생각은 했지만, 저 정도일 줄이야."

벤이 경외심을 담아 중얼거렸다.

"설마 너희도 저런 괴물은 아니겠지?"

알레인이 사라와 아르마를 보며 물었다.

"안심하세요. 우리는 리오 씨보다 약합니다."

"네."

사라와 아르마가 대답했다.

"하지만 그쪽에게 질 만큼 약하지도 않습니다."

사라가 알레인 일행을 도발했다.

"흐음……."

"그럼 바로……."

알레인과 루치가 신호도 없이 사라와 아르마를 향해 달려들었다. 한달음에 거리를 좁혀 두 사람을 베려고 했다.

"하앗!"

사라가 두 손에 든 단검으로, 아르마는 메이스로 공격을 막았다.

"핫, 역시 꽤 하잖아!"

루치가 호전적인 웃음을 흘렸다.

"웃을 여유가 있나보죠?"

아르마가 담담하게 말하고 메이스에 힘을 실었다.

"뭐, 야?! 으차차……. 이봐, 그렇게 조그만 한데 힘은 저 녀석 수준이잖아?!"

무기를 부딪친 루치를 날려버렸다. 루치는 몇 미터 날아가 바닥에 착지해 얼굴을 굳히고 소리 질렀다.

엘더드워프는 인간과 태생적으로 근육의 양이 달랐다. 자그마하고 팔이 가는 아르마도 덩치 큰 루치를 훨씬 능가하는 힘을 지녔다.

"미개하네요."

아르마가 메이스를 들고 루치를 쫓았다.

"안 돼! 큭!"

벤이 끼어들어 아르마의 돌진을 막았다. 루치를 보고 얼마나 센지 알았기 때문에 힘을 받아넘기듯 뒤로 도약했다. 그래도 두 팔에 상당한 부담이 실려 얼굴을 찌푸렸다.

"너는 그 꼬마 아가씨만큼의 힘은 없나보군."

한편, 알레인이 사라와 무기를 맞댄 상태로 분석했다.

"그렇습니다. 하지만 제 힘은 속도라서."

사라가 아무렇지 않게 긍정하고 백스텝을 밟았다. 그리고 오른쪽으로 이동하려고 했다.

"핫, 빤히 보이는데! 앗?!"

알레인은 자신만만한 얼굴로 사라 앞을 가로막으려고 했으나 어느새 사라는 왼쪽으로 발을 옮기고 있었다. 알레인이 무의식적으로 왼쪽으로 움직인 그 순간.

"보여도 느리게 반응하면 의미가 없습니다."

사라가 다시 오른쪽으로 발을 옮겨 알레인을 베었다. 은늑대 수인인 사라는 인간을 능가하는 타고난 유연함과 민첩성을 겸비했다.

'쳇, 고생 좀 하겠군. 위험해!'

알레인이 급히 검을 들어 후퇴하며 방어했으나 다 막아내지 못 하고 점점 뒤로 밀려났다.

"으앗, 큭!"

이내 한계에 다다르자 사라가 단검자루 끝으로 왼팔을 때렸다. 엄청난 힘이 신체강화로 단단해진 육체 강도를 뚫었다. 옆으로 피했지만, 착지하지 못해 넘어지며 바닥에 무릎을 꿇었다.

　　"루치, 벤! 1대 1로는 우리가 불리해. 3대 2로 가자!"

　　알레인이 곧바로 아르마와 대치중인 루치와 벤에게 말했다.

　　"나도 그 생각하던 참이야!"

　　루치와 벤이 알레인에게 달려갔다.

　　"너희도! 멍하니 있지 말고 이 애들을 포위해! 우리를 도우라고!"

　　알레인이 주위에 있던 모험가들을 불렀다. 남아있던 남자들이 사라와 아르마를 에워싸기 시작했다.

　　"한심해 보이지만, 개개인의 힘으로 이길 수 없다는 걸 알자마자 남의 도움을 받다니 똑똑하군요."

　　아르마가 어이없음 반, 감탄 반으로 말했다.

　　"우리는 용병이야. 돈만 주면 무슨 오명이든 뒤집어쓰지. 내 목숨도 소중해서 이기지 못할 싸움은 정정당당하게 안 붙거든."

　　루치가 코웃음 치며 말했다.

　　"그리고 공교롭게도 우리 무기는 모조 마검이라 신체강화마술만 쓸 수 있어. 이중강화로 몸에 부담이 가기 시작했다. 너희 무기는 상당한 물건인 것 같군. 숨겨놓은 능력이라도 있나? 위에 있는 녀석처럼."

알레인이 위를 힐끗 올려다보며 말했다. 상공에는 폭풍이 휘몰아치며 수많은 라이트볼이 날아다녔다.

"있더라도 가르쳐줄 필요는 없죠."

사라가 담담하게 말했다.

"흥. 건방진 애송이들."

알레인이 짜증내며 얼굴을 찌푸렸다.

"가자! 약점이 드러났으니 오래 끌면 우리가 불리해! 비겁한 수를 쏟아 부어서라도 쓰러뜨려!"

알레인의 명령이 떨어지자 모두 사라와 아르마를 공격했다.

◇ ◇ ◇

한편, 리오 일행과 레이스 일행이 싸울 무렵.

"헉, 헉."

세리아, 크리스티나, 바네사, 코우타, 레이는 앞서 달리는 오피아를 쫓아 달리고 있었다.

국경은 코앞에 있었다. 눈앞을 가로막은 언덕 하나만 넘으면 그 너머에 있는 완만한 산맥이 국경 역할을 했다.

그런데…….

'마음이 왜 이리 어수선하지……?'

오피아는 묘한 긴장을 느꼈다.

레이스는 리오 일행이 막고 있었다. 에어리얼이 위에서 날며 근처에 적이 숨어있는지 찾고 있었다.

그러니 아무 문제가 없었다.

뒤에서 쫓아는 적은 없었다. 옆에도 적은 보이지 않았다. 마지막으로 진행방향인 국경 쪽에 적이 있는지 보려던 참이었다.

마침 에어리얼이 코앞에 있는 언덕을 넘어…….

"멈추세요!"

오피아가 갑자기 멈췄다.

뒤에 있던 세리아 일행도 따라서 멈췄다.

"왜, 왜 그래? 오피아."

세리아가 숨을 몰아쉬며 물었다.

"돌아가야 해요……."

오피아가 보기 드문 초조한 얼굴로 말했다.

"도, 돌아가다니 뒤에는 레이스가……. 앞에 뭔가 있어?"

세리아가 당황하다 무언가를 깨닫고 물었다.

"그건……."

저 언덕 너머에 엄청난 수의 병력이 기다리고 있었다.

천, 2천, 3천? 그 이상?

눈으로는 계산할 수 없을 만큼 있었다. 그만한 군중이 현재진행형으로 이쪽으로 다가왔다.

"저 언덕 너머에 적이 있어요. 그것도 아주 많이."

오피아가 말했다.

"그걸 어떻게 아나?"

바네사가 당황하며 물었다.

"어, 제 활 능력이에요."

계약한 정령이 하늘에서 적을 찾고 있었다고 설명하지 못하고 마궁의 능력이라고 정리했다. 제대로 설명할 시간도 없고 일단 서둘러 돌아가야 했다.

그때, 저 하늘 위에서 새 울음 같은 시끄러운 소리가 들렸다. 오피아는 위화감을 느끼고 위를 올려다보았다.

"이 소리……."

익숙한 에어리얼이 낸 소리는 아니었다. 그 전에 수가 너무 많았다.

그런데 어디선가 들어본 듯한…….

그때, 바람을 가르듯이 날갯짓하는 소리가 나고 그리핀 50마리가 크리스티나 일행을 둥글게 에워싸며 착지했다.

"이게 무슨……!"

세리아, 크리스티나, 바네사, 코우타, 레이는 할 말을 잃었다.

"여러분, 언덕 아래로 내려가세요."

오피아가 그들에게 그리핀이 없는 곳으로 내려가라고 지시했다. 그쪽에서 대군이 다가오고 있지만, 그렇게 지시할 수밖에 없었다.

'에어리얼, 하루토 씨 쪽에 상황을 전해줘.'

일반 기사 50명은 오피아 혼자서도 어떻게 할 수 있지만, 수천 명에 이르는 병사가 돌격하면 방법이 없었다. 에어리얼을 지상으로 부르면 집중포화가 쏟아질 게 뻔했다.

이 상황을 타개하려면 리오 일행을 불러와야 했다. 리오 일행이 올 때까지 조금이라도 시간을 벌어야 했다.

"소용없다. 그쪽에는 우리나라의 5천 군사가 있다. 도망칠 길은 없다."

그리핀에서 내려 지상에 선 남자가 의기양양하게 말했다. 그 남자의 이름은 샤를 아르보. 세리아의 약혼자였던 남자다. 그리고 그 옆에는 왕국 최강의 검사인 알프레드 에마르, 바네사의 친오빠가 서 있었다.

바네사는 외투 후드 아래에서 분노 서린 눈으로 친오빠를 보았다. 알프레드는 태연한 얼굴로 받아넘겼다.

"……."

세리아는 샤를을 보고 당황해 후드를 깊게 눌러썼다. 크리스티나가 세리아의 행동을 눈치 채더니 자기 후드를 벗고 한 발 앞으로 나갔다.

"멈춰라. 이게 대체 무슨 짓이지? 샤를 아르보."

왕족으로서 샤를에게 물었다.

"농담이 지나치시군요, 크리스티나 왕녀 전하. 이미 아시지 않습니까? 아버님의 귀환명령을 받고 모시러 왔습니다."

샤를이 겉으로는 공손하게 대답했다.

"아버님께서?"

크리스티나가 업신여기며 웃었다. 그 명령을 내린 사람

은 다름 아닌 아르보 공작가이기 때문이었다.

"네. 가져가신 물건을 돌려받아야지요."

"무슨 말이지?"

"모르신다면 동료에게 물어보겠습니다. 심문은 제 특기거든요. 솔직하게 불 때까지 잔뜩 귀여워해줄 생각입니다."

샤를이 잔인하게 웃으며 크리스티나 주위에 서 있는 이들을 보았다.

"비열한 남자……."

크리스티나가 샤를을 증오스럽게 노려봤다.

"잔뜩 귀여워해주는 건 어떻게 심문하는 건가요? 제 친구들에게도 할 겁니까?"

금발 미소년, 용사인 시게쿠라 루이가 앞으로 나와 샤를에게 물었다.

"아, 물론 루이 님의 친구 분은 심문하지 않겠습니다. 전하가 가지고 가신 물건을 아실 리가 없으니까요."

샤를이 조금 당황해서 루이에게 변명했다.

"안녕, 코우타. 레이 선배."

루이가 작은 한숨을 내쉬고 동향 친구와 선배를 불렀다.

"루이……."

코우타가 얼굴을 찌푸리고 주먹을 틀어쥐었다.

"왜…… 왜 쫓아왔어?! 뭐 하러 온 거야?!"

괴로운 얼굴로 짜증을 내며 루이에게 물었다.

"코우타와 레이 선배가 아무 말 않고 성을 떠나서 친구로서 걱정됐어. 아카네 씨와 다른 사람들도 걱정해서 온 거야."

루이가 난처한 얼굴로 대답했다.

"친구?"

그 말에 코우타가 얼굴을 찌푸렸다.

"나는 너를 친구라고 생각해. 너는…… 아니야?"

"생각은…… 해."

코우타가 괴롭게 긍정했다.

"그럼 돌아와 줄래?"

루이가 고통스럽게 물었다.

"안 가……."

코우타는 잠깐 망설였지만, 확고한 뜻을 보이며 고개를 가로저었다.

"그러면…… 내가 너를 데리고 돌아갈게."

코우타보다 오래 망설인 루이가 결연하게 말했다.

"뭐, 뭐? 왜?"

코우타가 놀라서 기가 막혀했다.

"두 번 다시 못 만날 수도 있는데 자포자기라도 한 것처럼 성에서 도망친 네가 걱정돼. 데려오겠다고 아카네 씨와 약속도 했어. 그러니까 데려갈 거야. 돌아가서 다 같이 터놓고 이야기해보자."

루이가 거침없이 이유를 말했다.

"그러면 난 더더욱 성으로 돌아갈 수 없어. 이야기해봤자 내 마음은 흔들리지 않아."

코우타가 괴로워하며 거절했다.

"그래……."

루이의 얼굴에 당당하지 못 한 기색이 떠올랐다.

"루이 님은 친구 분이 사라져서 몹시 마음 아파하셨습니다. 전하가 함부로 행동해 그들을 끌어들인 것 때문에요. 아버님도 전하가 함부로 성을 나가서 난처해하십니다. 전하가 성을 나간 것 때문에 적지 않은 파문이 일어 우리나라에 악영향을 끼치고 있습니다. 나라를 위한다 생각하시고 지금 당장 저와 성으로 돌아가시지요."

샤를이 한탄스러워하며 크리스티나에게 돌아가자 권했다.

"거절한다."

크리스티나는 딱 잘라 거절했다.

"지금이라면 전하를 속인 자들을 가볍게 처분할 수 있습니다. 바네사 에마르와 다른 자들…… 누군지는 모르지만요."

샤를이 크리스티나와 동행한 이들의 처분이 자기 기분에 달렸다고 암시했다. 그들의 얼굴을 둘러보다 맨얼굴을 드러낸 오피아를 보고 눈빛이 음흉해진 건 엘프의 미모에 반했기 때문일까.

"……."

크리스티나의 얼굴에 망설이는 기색이 떠올랐다. 자기가 단호하게 샤를과 맞서서 세리아, 오피아, 바네사의 상황이 나빠질 수 있다고 생각하니 망설여졌다.

"크리스티나 님, 인질로 위협하는 건 샤를이 자주 쓰는 수법입니다."

세리아가 말했다.

"세 사람은 반드시 올 거예요. 제가 되도록 시간을 끌 테니 여러분도 방어에 전념하세요."

오피아가 세리아 일행을 보호하기 위해 앞으로 나섰다. 손에 활을 들고 무슨 일이 일어나도 대응할 수 있게 주위를 경계했다.

"얼마나 도움이 될지는 모르겠지만, 나도 싸우겠다. 저기 있는 검사는 오피아 공이라도 상대하기 어려울 수 있어. 힘들겠지만, 다가오지 못 하게 주의해. ≪인챈트 피지컬 어빌리티≫."

바네사도 허리에 찬 검을 뽑았다. 오빠인 알프레드를 응시하며 오피아에게 주의를 촉구하고 마법으로 신체능력을 강화했다.

"크리스티나 님과 둘은 제 뒤에 계세요."

세리아가 크리스티나와 코우타, 레이를 뒤로 물러나게 하고 오피아와 바네사 뒤에 서서 언제든 마법으로 엄호할 수 있게 몸을 긴장시켰다.

"설마 돌아가지 않겠다는 말씀이십니까?"

샤를이 오피아 일행이 전투태세에 들어가자 깔보는 얼굴로 크리스티나에게 물었다.

"그래. 성으로 돌아가지 않을 거야. 돌아갈 거면 너희끼리 돌아가."

크리스티나가 심호흡하고 샤를에게 단호하게 말했다.

"아쉽네요. 폐하께서 돌아오려 하지 않으면 강제로라도 데려오라고 명령하셨습니다. 후회하지 마십시오······. 전하와 루이 님의 친구 분에게는 상처 하나 내지 마라. 저 활을 든 여자도."

샤를이 한탄스럽게 고개를 가로젓고 알프레드와 주변 기사, 마도사에게 명령했다. 이곳에서도 격렬한 전투의 막이 올랐다.

◇ ◇ ◇

한편, 크리스티나 일행이 있는 곳의 조금 서쪽에서 사라와 아르마가 알레인 일행과 싸우고 있었다.

알레인, 루치, 벤이 유독 까다로웠는데 다른 모험가들도 마법으로 신체능력을 강화해서 얕볼 수 없었다. 그들은 고용된 모험가가 아니라 레이스가 이번 작전 때문에 부른 용병단의 전사였다. 기사 수준의 전투력을 지녔고 공격 연계도 놀라울 정도였다.

"≪포톤배럿≫."

이번에는 연사 공격마법으로 아르마에게 집중포화를 쏟아 부었다.

"성가시네요."

아르마가 빛의 총알을 피하다 간혹 메이스로 쳐내며 중얼거렸다. 이 정도 탄막은 별것 아니지만, 이 공격은 대미지가 아니라 아르마가 공격하지 못하게 하는 것이 목표였다.

"좋아, 저 꼬마를 계속 공격마법으로 견제해! 그 틈에 우리가 금발을 해치운다."

알레인이 모험가들에게 지시하고 사라를 공격했다. 루치와 알레인이 좌우로 파고들며 단번에 결판을 내리려고 맹공을 퍼부었다. 백스텝으로 거리를 벌리려는 사라를 쫓아 거리를 좁혔다.

'이 셋, 속도는 내가 위지만⋯⋯.'

셋이 동시에 덤벼드니 공격할 수가 없었다.

자기가 더 빠르니 회피에 전념하면 충분히 대처할 수 있고 1대 1로 싸우면 사라가 유리하지만, 실력만 따지면 그렇게 크게 차이나는 것 같지는 않았다. 3대 1로 붙으면 질 게 분명했다. 2대 1도 위험했다.

사라는 그 사실이 조금 분했다. 수행이 부족했다.

"핫, 얼굴은 귀여운데 무서운 아가씨로군. 공격한 틈을 노리다니. 하지만 쉽게 당해줄 것 같아?"

루치는 사라가 어떻게 움직이는지 일거수일투족을 관찰했다.

"글쎄요? 당신들이 어떻게 움직이는지 대강 알았습니다."

사라는 울컥해서 입을 내밀고 반박했다.

'하는 수 없지. 정령술을 쓰자.'

단검에 마력을 실었다. 이번에는 마검 능력을 발동한 것처럼 보이는 정령술만 써야 한다는 제약이 있지만, 단검으로만 이기려고 하는 것보다는 충분히 승산이 있었다.

사라는 한층 강하게 땅을 밟고 뒤로 크게 도약했다. 비거리가 늘어난 만큼 착지할 때 빈틈이 커졌다. 알레인 일행이 그것을 놓칠 리 없었다.

"저런, 실수했어?"

그들은 검을 들고 사라가 착지하는 순간을 노려 단번에 거리를 좁혔다.

'지금이야!'

사라는 착지한 순간, 단검에 실은 마력을 해방해 오른손을 내질렀다.

"뭐, 뭐야?!"

그 순간, 알레인 일행의 눈앞에 지름 몇 미터는 되는 거대한 물방울이 생겼다. 육체를 강화하지 않고 부딪히면 의식을 잃을 수준이었다.

알레인 일행은 급히 도약해 몸을 틀어 방향을 바꿨다. 간신히 거대한 물방울을 피하고 사라 좌우로 달려들었다.

"어이쿠!" "저 마검의 고유마술인가?!" "속도에 특화된 고유마술일 줄 알았는데……."

알레인 일행이 식은땀을 훔치며 안도의 한숨을 내쉬었다. 마검의 고유마술이란 마검에 표준적으로 담긴 신체강화마술과는 별개로 마검에 숨어있는 전투용 특별한 마술을 의미한다.

"방심했군요."

알레인 일행을 보며 씩 웃은 사라가 왼손에 든 단검을 머리 위로 들며 말했다.

"뭐……?"

알레인 일행은 의아한 표정을 지었다. 그 순간, 갑자기 그늘이 드리워져 위를 쳐다봤다. 그곳에는 지름 1미터의 물방울 세 개가 있었다.

"으, 아……!"

물방울 세 개가 알레인과 루치, 벤의 머리 위로 쏟아졌다. 물이 쏟아지는 소리를 내며 세 사람에게 직격했다.

"앞으로 발사한 건 미끼였다니……." "크윽……." "이렇게 정확하게 맞추기냐……."

셋 다 의식은 잃지 않았지만, 움직일 수 없을 정도의 대미지를 입었다.

"술사가 만들어낸 현상의 궤도를 자유자재로 조종하는 것쯤은 당연한 일입니다. 검에 깃든 마술 성능에 의지해 싸우니 제가 왼쪽 단검으로 쓴 술을 늦게 알아차린 거예요."

사라가 알레인 일행을 내려다보며 패배한 원인을 지적했다.

"젠장……."

"끝났습니다. 이제 아르마를 도우러…… 갈 필요는 없겠군요."

사라가 아르마를 힐끗 보고 말했다.

'사라 언니가 정령술을 썼군요. 어쩔 수 없죠. 그럼 저도…….'

아르마는 폴짝폴짝 마력탄을 피하다 메이스에 마력을 주입하고 있는 힘껏 바닥을 내리쳤다.

"……?!"

아르마에게 빛의 탄환을 쏘던 모험가들이 숨을 삼켰다. 순식간에 지면에서 솟아난 대지의 벽 때문에 아르마를 놓치고 말았다. 그 순간, 메이스를 든 아르마가 남자들이 1, 2미터 간격으로 만든 진형 한가운데에 착지해 다시 지면을 힘차게 내리쳤다.

이번에는 지면이 솟아나는 대신 크레이터가 생길 만큼 움푹 파이고 주변에 충격파가 퍼졌다.

"으아악?!"

남자들은 충격에 휩쓸려 속수무책으로 날아가 버렸다.

"끝났네요."

아르마가 지면에 꽂은 메이스를 들고 태연한 얼굴로 사라에게 다가가 말했다.

"진짜 어떻게 되어먹은 힘이야, 이 꼬마……."

루치가 바닥에 엎어진 채 굳은 목소리로 말했다.

"레이디에게 실례네요."

아르마가 흥 하고 토라진 듯 콧방귀를 뀌었다. 그러다 멀리서 날아오는 에어리얼을 발견했다.

◇ ◇ ◇

　사라와 아르마가 알레인 일행과 싸우고 있을 때, 상공에서는 리오와 레이스가 격렬한 전투를 벌이고 있었다.

　리오는 레이스를 베려고 빠르게 비상했다. 레이스는 수십 정도가 아니라 거의 백 개에 가까운 라이트볼을 조종해 리오가 접근하지 못 하게 견제했다.

　리오가 거리를 좁히려고 가속하려고 하면 수많은 라이트볼이 리오의 시야를 뒤덮었다.

　리오는 눈을 굴려 날아드는 라이트볼 하나하나를 놓치지 않고 베어냈다. 무작위로 움직이더니 엄청난 반응속도로 눈앞으로 날아온 라이트볼을 피했다.

　"훌륭해요."

　레이스가 리오와 일정한 거리를 두며 칭찬했다. 리오는 레이스에게 검을 휘둘러 폭풍을 맞추려고 했으나 레이스는 공격을 가볍게 피했다.

　"너 싸울 생각은 있는 거야?"

　1분 정도 그런 상황이 이어지자 리오가 눈썹을 찌푸리고 수상쩍어하며 물었다.

　"없으면 공격하지 않겠죠? 보통은."

　레이스가 어깨를 으쓱하며 말했다.

　"그런 것치고는 진심으로 싸우는 것 같지 않은데."

"아니에요. 이게 지금 제 한계입니다. 전력을 다한 게 언제인지 기억도 안 날 만큼 오래돼서요. 그러는 당신이야말로 진심으로 싸우는 거 맞습니까? 인간형 정령도 없지 않습니까."

'어떻게 아이시아를 아는 거지?'

"너한테 루시우스에 관해 물어보려고 했는데 그렇게 잽싸게 움직이니 힘 조절이 어려워."

리오가 말했다.

"그가 궁금합니까?"

레이스가 웃었다.

"넌 프로키시아 제국의 대사라며?"

반응을 살피려고 잽을 날리니…….

"글쎄요? 그러는 당신은 벨트람 왕립학원을 다녔다지요?"

레이스가 날카로운 훅으로 카운터를 날렸다.

"……."

리오의 눈이 경악으로 물들었다.

"어떻게 아는지 궁금한가요?"

레이스가 리오의 마음속을 맞추려고 했다.

"글쎄?"

"그건 그렇고 누명을 씌운 나라의 왕녀를 구하려고 여행을 하다니 당신도 참 오지랖이 넓군요. 관계가 틀어지면 당신과 싸우지 않아도 될 것 같아서 일부러 당신과 크리스티나 왕녀 앞에 나타나 당신의 과거를 슬쩍 밝혔건만."

"무슨 말인지 모르겠군. 네가 프로키시아 제국의 대사라면 루시우스도 프로키시아 제국에 있을 수 있겠어."

"글쎄요."

레이스는 시치미를 뗐다.

'역시 이 녀석에게서 정보를 빼내기는 어렵겠어.'

무엇이 진실이고 무엇이 거짓인지 모르겠다.

"됐어. 너를 생포하는 건 포기할래."

리오는 검을 겨누었다.

"하하하, 대단한 살기네요. 아망드에서 그와 대치했을 때의 당신은 더 대단했는데 오늘도 상당하군요……. 드디어 잠든 용을 깨운 모양이군요. 죽고 싶지는 않으니 저항하겠습니다."

레이스가 여태까지보다 어느 정도 진지한 표정을 짓고 작은 라이트볼을 무수히 만들어 리오에게 발사했다.

리오는 폭풍 결계로 자신을 에워싸고 힘차게 날며 레이스에게 돌진해 날아오는 라이트볼을 전부 튕겨냈다.

"하하, 엄청난 마력, 이 얼마나 폭력적인지……."

압도적인 마력량으로 모든 것을 밀어내고 눈으로 좇을 수 없는 속도로, 상대의 공격을 튕겨내고 힘으로 상대를 굴복시키겠다는 생각만으로 돌진했다. 이것을 폭력적이라고 하지 않으면 무엇이라고 할까.

레이스는 순식간에 눈앞에 다가온 리오에게서 도망치려고 재빠르게 날아가려고 했다. 그러나 리오의 돌진력이 레이스의 속도를 웃돌았다.

리오는 레이스를 있는 힘껏 걷어찼다.

걷어차인 팔뼈가 부러지는 소리가 났다.

"크헉."

소리 없이 흐느낀 레이스는 그대로 날아가 바닥에 거칠게 부딪혔다.

리오는 레이스를 사정없이 공격하며 고도를 낮췄다. 바닥에 쓰러진 레이스 주위에 한층 큰 라이트볼 세 개가 떠올라 리오를 포격하듯 세차게 발사됐다.

리오는 급히 몸을 틀어 첫 발을 피했다. 이어서 날아온 라이트볼은 검에 마력을 실어 벴다. 마지막 하나는 검 끝으로 폭풍을 일으켜 밀어내 바닥에 쓰러진 레이스를 향해 튕겨냈다.

튕겨낸 라이트볼이 레이스가 있던 곳에 부딪히고 바닥에 큰 구멍이 생겼다. 만약 그곳에 레이스가 있었다면 몸까지 소멸됐을 것이었다.

그러나 레이스는 라이트볼이 떨어지기 직전에 옆으로 뛰어 피하고 리오를 향해 돌진했다. 오른손에 마력을 모아 손날을 세우고 정면으로 리오에게 덤벼들었다. 공중에서 두 사람이 부딪친 결과……

"보세요. 십중팔구, 제가 진다니까요."

레이스의 팔이 허공을 맴돌았다. 레이스는 베인 팔을 붙잡고 곧장 리오와 거리를 두며 대치했다. 걷어차여 지상에 떨어진 대미지에 검에 베여 날아간 팔까지. 레이스는 만신창이였다.

그런데 그의 얼굴에는 고통의 흔적도 없었다. 안색 하나 바꾸지 않고 실실 웃었다. 기분 나쁘기 그지없는 남자였다.

"그만 항복하지 그래? 저쪽도 내 동료가 정리한 모양이야. 네 팔도 붙일 거면 빨리해야 하지 않겠어? 정보를 주면 살려주지 못 할 것도 없지."

리오는 사라와 아르마를 보며 레이스에게 말했다. 마침 전투가 끝났는지 레이스가 데려온 알레인 일행이 만신창이가 되어 바닥에 쓰러졌다.

"정보요? 그럼 이런 정보는 어떻습니까? 샤를이 먼저 간 당신 동료들을 잡으려고 수천 병사를 이끌고 가고 있어요."

레이스가 섬뜩한 미소를 지으며 말했다.

"설마……."

이 자리를 모면하려는 허풍이라는 생각과는 별개로 안 좋은 느낌이 들었다. 그때, 사라와 아르마가 리오에게 달려왔다.

"하루토 씨! 먼저 간 사람들이!"

그들이 초조한 얼굴로 소리친 순간.

"먼저 가겠습니다! 두 분도 따라오세요!"

리오는 레이스를 내버려두고 바람의 정령술로 가속해 전력으로 세리아 일행에게 달려갔다. 사라와 아르마도 서로 얼굴을 마주 보고 고개를 끄덕이고는 그 뒤를 쫓았다.

"시간은 벌만큼 벌었는데 어떻게 되려나 모르겠네요."
몹시 지친 레이스의 목소리가 공허하게 울려 퍼졌다.

정령환상기

제 5 장 ❋ 전장의 지배자

한편, 시간을 조금 거슬러 세리아 일행이 있는 지점에서.

"붙잡아, 알프레드!"

샤를의 지시로 전투가 시작됐다. 알프레드가 내키지 않는 얼굴로 세리아 일행에게 정면으로 돌진했다.

"여러분, 저 사람 외에 다가오는 사람을 견제해주세요!"

오피아가 세리아 일행에게 지시하며 활을 겨누고 눈에 보이지 않는 속도로 빛의 화살을 발사했다.

"윽!"

공격 속도가 예상을 웃돌았는지 알프레드의 눈이 놀라서 살짝 커졌다. 그러나 공격 자체는 어렵지 않게 검으로 베어 대응했다.

오피아는 놀라지 않고 알프레드에게 다음 빛의 화살을 쏘았다.

그러나 알프레드는 그 공격도 훤히 꿰어본 듯 검으로 벴다. 오피아는 눈에 담을 수 없는 속도로 빛의 화살을 연사했다.

조준은 정확했으나 너무 정직한 공격이었다. 게다가 즉사할 곳은 노리지 않았다. 알프레드는 빛의 화살을 열 발 정도 쳐내고 알아차렸다.

'정말 강해, 이 사람…….'

한편, 오피아는 자기가 쏜 빛의 화살을 막는 알프레드를 강자를 향한 존경의 시선으로 응시했다.

"화살 속도는 빠르고 조준도 무서울 만큼 정확하지만, 너는 너무 상냥하군."

알프레드는 복잡한 시선으로 오피아를 보았다.

"야, 알프레드! 뭘 이렇게 꾸물대?!"

샤를이 알프레드를 질책했다.

"여자를 다치게 하고 싶지 않다. 저항하지 않으면 다치게 하지 않겠다."

알프레드가 한숨을 내쉬며 말했다.

"미안해요. 저항하겠습니다."

오피아가 예의 바르게 사과하고 말했다.

"소용없어. 네가 그 마궁으로 빛의 화살을 얼마나 일직선으로 정확하게 쏘든 나는 네게 접근할 거다. 너 정도의 궁수라면 그 정도는 알 텐데?"

알프레드가 오피아의 전의를 꺾으려고 했다.

"그러면 일직선으로 쏘지 않겠어요. 당신의 힘을 오해한 모양이니……."

오피아가 귀엽게 웃었다. 알프레드는 의아해하며 미간을 찌푸렸다. 그 순간, 오피아는 엉뚱한 방향으로 빛의 화살을 쏘았다.

"……?!"

오피아가 쏜 빛의 화살은 호를 그리며 정확하게 알프레

드를 공격했다. 알프레드는 급히 빛의 화살을 벴지만, 아까보다 놀란 기색이 짙었다.

"갑니다!"

오피아가 아까보다 빠르게 빛의 화살을 연사했다.

"큭……."

알프레드는 빛의 화살을 하나하나 쳐냈으나 아무리 쳐내도 온갖 각도에서 날아오는 빛의 화살을 처리하기에는 역부족이었다. 오는 족족 쳐내는 것보다는 피하는 게 빠르다고 생각했는지 갑자기 옆으로 달리기 시작했다.

"아니……?!"

피했어야 할 빛의 화살이 알프레드를 따라왔다. 결국, 모든 빛의 화살을 처리하게 됐다.

"알프레드으으으! 너 싸울 생각은 있는 거냐?!"

샤를이 방어하느라 바쁜 알프레드를 질책했다.

알프레드는 내키지 않은 듯 얼굴을 찌푸렸다.

"나도 네 힘을 오해한 모양이다. 하는 수 없군."

그리고 오피아를 향해 힘차게 돌진했다.

"……!"

오피아는 알프레드를 응시하며 접근하는 순간의 틈을 노려 활에 마력을 실어 두터운 빛의 화살을 쐈다.

알프레드가 정면에서 빛의 화살을 쳐내려던 순간, 빛의 화살 하나가 무수히 나뉘더니 산탄총처럼 흩어졌다.

"윽, 하앗!"

알프레드는 순간적으로 눈을 크게 떴다. 그러나 경직되지 않고 검으로 빛을 날려 빛의 화살을 한꺼번에 없애버렸다.

"이번 공격도 막아내다니."

오피아가 쓸쓸하게 웃으며 말했다.

"한 번에 빛의 화살을 여러발 발사할 수 있나, 곤란한데."

알프레드가 왠지 겸연쩍어하며 말했다.

"정말 곤란해요?"

그렇다면 알프레드만이라면 어떻게든 막을 수 있을 것 같다는 생각을 하며 오피아가 물었다.

"그래. 봐줘서는 널 막을 수 없어. 간다."

알프레드가 말하자마자 다시 정면으로 오피아에게 돌진했다.

"윽…… 커헉?!"

오피아는 곧바로 맞섰다. 그러나 알프레드는 아까보다 빨랐다. 오피아가 빛의 화살을 쏜 순간, 눈앞까지 접근하더니 오피아의 명치를 때렸다.

"오피아?!"

세리아가 뒤에서 털썩 주저앉은 오피아를 보고 놀라서 이름을 불렀다.

"윽…… 아파라."

오피아가 배를 누르며 아픔을 견뎠다.

"일격에 기절시키려 했는데 그 활에 신체강화마술이 깃들어있나 보군. 미안하다. 이제 편하게 해주지."

알프레드가 담담히 말하며 오피아에게 손을 뻗었다.

"오, 오라버니!"

바네사가 가까운 거리에서 전력으로 알프레드를 공격했다. 크게 도약해 온몸의 체중을 실어 밀어붙이듯이 검을 휘둘렀다.

그러나 알프레드는 왼팔에 장비한 방패로 바네사의 공격을 가볍게 튕겨냈다.

"큭!"

바네사는 다시 과감하게 알프레드를 공격했다. 이번에는 알프레드도 검을 휘둘렀다. 검과 검이 부딪치고 바네사는 가볍게 쓰러졌다.

그 여파로 바네사가 뒤집어쓴 후드가 벗겨졌다.

"너는…… 머리카락은 어떻게 된 거냐?"

알프레드가 동생의 낯선 머리카락을 보고 눈이 휘둥그레졌다.

"그딴 건 아무 상관없어!"

바네사가 알프레드를 공격했다. 알프레드는 검으로 가볍게 바네사의 공격을 막았다. 잠깐 힘겨루기를 하더니 살짝 뒤로 물러났다.

"힘만 쓰니까 이렇게 되는 거다."

바네사가 앞으로 휘청거리자 알프레드가 발을 걸어 넘어뜨렸다.

"아무 상관없다고? 그럴지도 모르지. 이렇게 된 이상,

나는 너를 처벌해야 한다.”

알프레드가 살짝 괴롭게, 그러나 그것을 삼키듯이 말하고 바네사가 쥔 검을 쳐냈다.

“큭……. 왜, 왜 그랬어?!”

무기를 잃고 바닥에 쓰러진 바네사가 이를 악물며 알프레드를 원망스럽게 덤벼들었다.

“뭘?”

“왜 당신이 여기 있어?! 샤를 쪽에 있냐고! 왕의 검인 당신이!”

“폐하의 명령이기 때문이다.”

“그런 말이 아니잖아! 아니, 그게 폐하의 진의라고, 정말로 그렇게 생각해?! 오라버니!”

“지금은 너와 할 말 없어. 그나마 있는 정으로 배려해주마. 자고 있어라.”

알프레드가 쪼그려 앉아 바네사의 뒷목을 쳤다.

“윽…….”

바네사의 눈에서 빛이 사라지고 기절했다.

“모두 물러나세요…….”

세리아가 언제든 마법을 발동할 수 있게 손을 내밀고 후퇴했다. 이 거리라면 마법을 쓰기 전에 알프레드가 공격할 게 뻔했다. 마도사는 적이 접근하지 못 하게 하며 싸우는 존재였다.

“잘했어, 알프레드. 흠…….”

샤를이 만족스럽게 활짝 웃으며 다가왔다. 바닥에 쓰러진 오피아에게 다가가 마력을 봉인하는 목걸이를 채우고 얼굴을 들었다.

"윽……."

정령술로 몰래 치료하고 있는데 마력이 봉인됐다. 아직 복부 통증이 남아있는지 오피아는 고통스럽게 얼굴을 일그러뜨렸다.

"여자를 거칠게 대하는 건 탐탁지 않군요."

루이가 뒤늦게 따라와 얼굴을 살짝 찌푸리고 샤를에게 말했다.

"부끄럽습니다. 하지만 마법이라도 쓰면 당해내지 못하니까요. 배는 제대로 치료해주겠습니다."

샤를이 오피아의 얼굴을 보며 기분 좋게 웃었다.

"야, 알프레드. 거기 있는 작은 여자 후드를 벗겨."

샤를이 세리아를 가리키며 알프레드에게 말했다.

"……."

세리아는 조금씩 뒷걸음질 쳤다.

"≪포톤배럿≫."

세리아의 뒤에서 크리스티나가 주문을 외워 샤를에게 마력탄을 연사했다.

'현명해.'

이 상황에서 자신이 아닌 걸림돌인 샤를을 노린 것이. 알프레드는 생각했다.

"뭐야……!"

샤를은 얼어붙었다. 설마 자기를 노릴 줄은 몰랐다. 알프레드는 샤를을 지키기 위해 하는 수 없이 앞으로 끼어들었다.

"방심하지 마."

"나, 나도 알아! 네가 지킬 줄 알아서 반응하지 않은 거야. 그런데 나를 노릴 줄은……."

샤를이 이를 악물었다. 크리스티나가 공격한 게 아니었다면 한 대 쳤을지도 모르겠다.

"어, ≪어스 프리즌≫."

세리아가 알프레드와 샤를을 한꺼번에 가두려고 바닥에 손을 대고 주문을 외웠다. 주문에 반응해 알프레드 일행의 발밑에 마법진이 떠올랐다.

"소용없어. 이 검은 마력을 흡수한다."

알프레드가 지면에 검을 꽂자 마법진이 사라졌다.

"크리스티나 님, 너희 둘. 도망……."

세리아가 자기가 시간을 벌 테니 도망가라고 크리스티나와 코우타, 레이를 재촉하려고 했지만, 말문이 막혔다.

도망칠 곳이 없었다. 상공에는 그리핀을 탄 기사들이 선회했다. 눈앞에는 알프레드가 있었다. 지상에는 수많은 기사가 있었다.

힐끗 뒤를 돌아보니 어느새 수천 군사가 접근하고 있어서 포기하고만 싶었다.

"흥, 도망칠 곳을 남겨뒀을 리 없잖아. 작전은 완벽해. 발버둥이나 쳐대고, 이 자식들⋯⋯."

샤를이 성큼성큼 세리아에게 접근해 얼굴에 손을 올렸다. 어스 프리즌이 공격마법이 아닌 줄 알지만, 아까 크리스티나에게 공격당해서 화도 났겠다. 스트레스를 대신 풀었다.

"꺅⋯⋯!"

세리아는 가볍게 날아가 바닥에 쓰러졌다. 얼굴을 가린 후드가 벗겨졌다.

"응⋯⋯?"

세리아의 얼굴을 본 샤를의 눈이 가늘어졌다.

조그만 한 어린애인 줄 알았는데 오피아만큼 외모가 빼어났다. 거칠게 대하지 말 걸 그랬다는 생각이 들었다. 머리카락 색을 바꾼 탓인지 자기가 때린 상대가 달콤한 말을 속삭이던 약혼자인 줄은 꿈에도 몰랐다.

"응⋯⋯? 저 사람은, 설마⋯⋯?"

알프레드가 세리아의 얼굴을 보고 의아한 표정을 짓다가 무언가를 깨달은 표정을 지었다. 그때였다.

"샤, 샤를 님! 누군가가 엄청난 속도로 다가오고 있습니다!"

그리핀을 타고 상공에서 주위를 감시하던 기사가 보고했다.

"뭐? 레이스 공이 말한 놈인가! 못 막았단 말이야?! 에

잇, 마법 일제사격으로 공격해라!"

샤를이 의아한 표정을 짓다가 안색을 바꾸고 허둥지둥 명령했다. 상공에서 그리핀을 탄 기사들 수십 명이 일제히 주문을 외웠다.

"≪파이어볼≫."

기사들의 손에 마법진이 떠오르고 급속히 다가오는 검은 그림자를 향해 일제히 공격을 퍼부었다.

"지, 지상부대! 방패를 세워 벽을 만들고 접근하면 마법을 써라!"

샤를이 주위를 에워싼 기사들과 언덕에서 다가오는 부대에게 황급히 지시했다. 근처에 있던 기사들이 재빠르게 샤를을 보호하며 바닥에 방패를 꽂아 벽을 만들었다.

"저건…… 그 사람이에요."

엄청난 속도로 다가오는 인물을 본 루이가 가까이 있는 코우타와 레이를 보고 조금 망설이는 표정을 지었다. 그러나 곧 방패를 든 기사들 뒤에 서서 상공으로 활을 겨누었다.

한편, 리오는 세리아 일행이 도망친 방향으로 전속력으로 질주했다. 이 주변은 전망 좋은 언덕지대였다. 1킬로미터 정도 떨어진 언덕에 수많은 병력이 진을 친 광경을 보고 망설이지 않고 돌진했다.

하늘을 날아다니는 그리핀을 탄 기사들이 리오가 오는 방향을 중점적으로 경계했는지 곧 그를 발견했고 그중 하나가 황급히 지상으로 내려가는 게 보였다. 몇 초 뒤, 멀리서 지름 1미터의 파이어볼 수십 개가 날아오는 광경이 보였다. 이 시점에 거리 5백 미터.

'거리를 보니 견제야.'

제대로 조준하지도 않았겠지. 지금 속도로 간격을 좁히면 첫 공격은 엉뚱한 곳에 떨어질 것이었다. 리오는 쏟아지는 파이어볼을 힐끗 보고 이번에는 지상을 주목했다.

'저건⋯⋯.'

리오는 기사들이 방패로 쌓은 벽 사이로 배를 움켜쥐고 웅크린 오피아와 바닥에 쓰러진 세리아를 발견했다.

리오의 표정이 차가워지고 거의 동시에 첫 파이어볼이 리오 뒤에 떨어졌다. 이 시점에 거리 2백 미터.

"≪매직 캐논≫.""≪포톤배럿≫."

샤를 앞에 방패를 든 기사들이 일제히 공격마법을 발사했다. 이어서 상공에서 두터운 번개 화살이 떨어졌다. 루이가 쏜 것이었다.

"≪파이어볼≫."

그리핀을 탄 기사들이 두 번째 파이어볼을 쐈다. 이번에는 리오의 진행속도를 감안해 조준했다.

"⋯⋯."

리오는 눈앞을 뒤덮는 공격마법의 벽을 무심히 바라보

앗다. 보통은 옆으로 피하겠지만, 리오는 일부러 속도를 올려 돌진했다.

방패를 든 기사들은 그들이 쏜 공격마법이 속속 리오에게 맞는 광경을 목격했다. 포톤배럿은 맨몸에 맞으면 가볍게 날아갈 정도고 매직 캐논은 한 집단을 쓸어버릴 수 있었다.

"뭐야……."

기사들은 말문이 막혔다. 그들의 공격마법이 리오에게 맞기 직전에 빗겨나갔다. 눈에 보이지 않는 벽이나 통로라도 있는 것처럼 공격이 맞지 않았다. 뒤늦게 상공에서 쏟아진 번개의 비도 전부 리오를 피해 쏟아졌다.

가속한 리오는 방패를 든 기사들에게 어떤 망설임도 없이 돌진했다.

"히익?!"

방해물을 손으로 뿌리치듯 쓸어버렸다. 그것만으로 방패를 든 기사들이 옆으로 날아갔다.

리오는 그곳에 일단 멈춰 섰다. 기사들 뒤에 서 있던 루이와 리오의 눈이 마주 쳤다. 리오는 루이를 무시하고 바닥에 쓰러진 오피아와 세리아 그리고 바네사를 보았다.

"살아있습니까?"

그 말은 누구를 향한 질문이었을까.

"네, 네. 기절했을 뿐입니다."

크리스티나가 상기된 목소리로 대답했다. 지금 눈앞에

있는 인물이, 여태까지 온화한 면만 보여준 하루토 아마카와가 분노했다. 그 모습에 기가 눌려 전율했다.

"네가 한 짓이군?"

리오는 샤를을 보며 천천히 다가가며 물었다.

"뭐? 아, 아니야! 지, 직접 한 건 저 남자다!"

샤를이 몸을 움찔하고 뒷걸음질 치며 알프레드를 가리켰다.

"마찬가지야. 명령한 건 너잖아."

리오는 그대로 다가가 검을 휘둘렀다.

"히익……!"

샤를은 기가 죽어 꼼짝도 할 수 없었다. 거기에 알프레드가 끼어들어 리오의 검을 막았다.

"샤를, 죽고 싶지 않으면 지금 당장 도망쳐."

알프레드가 험악한 표정으로 말했다.

"뭐, 뭐라고?! 지휘관이 누군데……?!"

"빨리! 이자가 오는 속도를 못 봤나?!"

이 마당에 샤를이 반사적으로 반발하자 알프레드는 다짜고짜 샤를의 말을 일축했다.

"크윽…….”

리오가 검을 휘두르자 알프레드가 샤를과 함께 뒤로 떠밀려났다.

"너, 너 이 자식, 꼴사납게! 주, 죽여! 빨리 저 남자를! 누구라도 상관없어!"

샤를이 바닥에 넘어진 채 큰소리로 명령하자 그리핀을 탄 기사들이 움직였다.

리오는 머리 위로 검을 내질렀다. 거기서 회오리 같은 폭풍이 일었다. 검을 한 번 놀리는 것만으로 상공에 있던 기사들을 흐트러뜨렸다.

"이게 무슨……."

샤를은 눈을 부릅뜨고 할 말을 잃었다.

"알겠냐. 숫자와 전술로 우열을 가릴 수 있는 전투가 아니야."

알프레드가 리오를 상대하며 샤를에게 말했다.

"그, 그러면 네가 무슨 수를 내! 그 단죄의 광검으로!"

"할 수 있으면 했지. 시간은 벌어주마. 그 안에 병사들과 퇴각해."

"크윽……!"

샤를은 몸을 돌려 언덕에 있는 병사들을 향해 달렸다.

"하루토 씨!"

그때, 사라와 아르마가 쫓아와 리오를 불렀다.

"여기를 맡겨도 될까요? 저는 적의 대장을 잡아오겠습니다."

리오가 자기를 가로막은 알프레드를 응시하며 말했다.

"네!"

뒤에서 대답이 돌아오자 리오가 정면으로 돌진했다. 그에 맞서듯 알프레드가 앞으로 나왔다.

"윽!"

알프레드의 검이 빛나고 일대를 휩쓸 듯 빛을 날렸다. 리오는 회오리폭풍으로 알프레드의 공격을 상쇄했다.

알프레드는 연달아 빛 공격을 날렸다. 리오도 폭풍으로 맞섰다. 빛과 폭풍의 응수가 이어졌다.

빛 공격은 마력을 많이 소비해서 남발하면 안 되지만, 첫 공격으로 리오와 신체강화 성능이 많이 차이 난다는 것을 깨달은 알프레드의 고육지책이었다. 리오와 정면으로 겨루면 힘 차이로 압도당할 것이었다.

그래도 신체능력이 훨씬 뛰어난 리오가 우세한 것은 달라지지 않았다. 알프레드는 점점 언덕으로 밀려났다.

"윽……."

어느새 루이가 샤를이 도망치는 언덕 부대와 알프레드 사이에 서서 리오에게 번개 화살을 쐈다.

"방해하는 겁니까? 루이 씨."

리오가 뒤로 물러나며 화살을 베고 멈춰서 루이에게 물었다.

"가르아크 왕국의 성에서 만난 이후로 처음이네요, 하루토 씨."

루이가 리오에게 인사했다.

"네."

리오가 짧게 긍정했다.

"되도록 당신과는 다르게 만나고 싶었어요……."

루이가 괴로워하며 말했다.

"저도요. 방해하지 않으면 당신을 공격하지 않겠습니다."

리오가 말했다.

"아쉽게도 그럴 수는 없어요. 저는 이 나라의 용사라서."

루이가 난처하게 웃으며 천천히 고개를 저었다.

"그러면 당신은 죽이지 않도록 하겠습니다."

그의 말에 놀랐는지 리오가 한숨을 내쉬며 말했다.

"아하하. 저도 당신을 죽이고 싶지 않지만, 힘을 조절해선 당신을 막을 수 있을 것 같지가 않군요."

"지금까지 한 공격 수준이라면 아무 소용없습니다."

"그래요? 그러면……."

리오와 루이가 너나할 것 없이 무기를 들었다. 알프레드도 검을 고쳐 들고 리오와 대치했다.

리오는 알프레드에게 정면으로 달려들었다. 루이가 번개 화살을 쏴서 방해했다. 조준은 정확했다. 맞아도 치명상은 아니지만, 아주 잠깐 움직이기 어려울 것 같았다. 알프레드는 그 틈을 놓칠 사람이 아니었다.

리오도 싸우는 방식을 바꿔야 했다. 힘으로 밀어붙이기는 어려웠다.

"윽!"

속도로 제압하기로 했다. 바람의 정령술로 가속해 알프레드에게 달려들었다.

리오의 고속이동법은 몸에서 힘을 빼서 힘의 이동을 최

소한 하는 무술 기술과 바람의 정령술을 응용해 리오가 직접 만든 이동술이었다. 가장 큰 장점은 예비동작 없이 강제로 가속할 수 있다는 점이었다. 이동속도에 따라 순간이동 한 것처럼 보이게 할 수도 있었다.

"큭……."

오랜 경험을 쌓은 덕분인지 알프레드는 공격을 속속 막아냈다.

그러나 공격을 막은 반동으로 뒤로 밀려났다.

'공격에 반응하다니…….'

리오는 멈춰서 눈을 살짝 크게 떴다. 죽일 생각이 없어서 전력으로 가속하지는 않았지만, 상당히 빠른 속도였다.

마을 전사장인 우즈마나 베테랑 무사인 고우키 같은 초일류 전사가 아니면 반응할 수 없는 속도였다.

그것은 즉 눈앞에 있는 알프레드도 초일류의 실력자라는 뜻이었다.

"빨라!"

리오는 루이의 저격을 눈치채고 다시 가속했다. 순식간에 모습을 감추자 번개 화살을 쏜 루이가 크게 동요했다.

그래도 신장의 신체강화로 반응해 움직이는 리오를 노려 번개 화살을 쐈다. 그러나 리오가 너무 빨라서 맞지 않았다. 쏜 순간, 저격한 곳에서 사라졌고 미리 움직임을 읽으려 해도 너무 빨라서 곤란하기 그지없었다.

'이렇게 가까워지면 불리한데. 나와 상성이 안 맞아.

큭…….'

루이는 리오와 조금 거리를 두고 언덕에서 내려다보며 저격을 시도했다. 리오가 눈치챘는지 루이를 기절시키려고 접근했다.

"하아아아아앗!"

알프레드가 루이를 지키려고 리오에게 돌진했다. 그의 눈에 아직 투지가 남아있었다.

리오는 알프레드를 막으려고 검을 겨누었다. 알프레드의 검이 다시 눈부시게 빛났다. 리오도 검에 마력을 주입해 폭풍을 일으켰다.

검을 휘두른 두 사람의 모습이 겹친 순간, 엄청난 충격파가 발생했다. 그 반동으로 둘 다 뒤로 날아갈 뻔했으나 리오는 강화한 신체능력으로 억지로 버틴 뒤, 뒤로 날아간 알프레드를 쫓아 아래에서 위로 검을 수직으로 휘둘렀다.

"큭……!"

알프레드는 갑작스러운 공격을 막았으나 엄청난 힘과 돌풍에 밀려 공중으로 떠올랐다.

루이는 리오가 검을 휘두른 순간을 노려 번개 화살을 쏘았으나 리오에게 맞지 않았다. 리오는 알프레드를 공중으로 띄우자마자 그를 쫓아 상공으로 도약하고 검에서 바람을 방출해 추진력을 붙여 가속했다.

"아니……?!"

알프레드는 지상에서 날아온 리오를 보고 눈이 휘둥그

레졌다.

'공중에서 끝낼 셈인가? 어쩔 수 없지…….'

알프레드는 이것이 마지막 공격임을 깨닫고 남은 마력을 전부 마검에 주입했다. 마력을 흡수하면 흡수할수록 이 검은 강력하게 공격했다.

알프레드의 검이 여태까지 중 가장 강하게 빛났다.

리오의 표정이 험악해졌다. 알프레드의 눈은 오직 한 곳, 리오만을 응시했다. 이번 공격을 반드시 성공시킬 셈이었다.

'이겨주지.'

처음부터 이번 공격으로 결판낼 생각이었다. 리오의 검에도 심상치 않은 마력이 주입되고 엄청난 폭풍 에너지가 응축됐다.

서로 검을 쥐고 상대를 조준했다.

리오와 알프레드는 검에 담은 마력을 해방했다. 알프레드의 검에서 빛이 쏟아져 나오고 리오의 검에서 폭풍이 휘몰아쳤다.

그들의 공격이 충돌했다.

"꺅!"

섬광이 일대를 밝히고 폭풍이 일대에 대폭발을 일으켰다. 지상에 있는 크리스티나 일행까지 날아갈 뻔했다.

"아, 아마카와 경이, 알프레드를…….'

크리스티나는 상공에서 검을 든 리오와 힘없이 기절한 알프레드를 목격했다. 리오는 검을 쥐고 언덕 위를 내려다보았다. 그 시선 끝에는 언덕부대로 달려가는 샤를이 있었다.

"윽?!"

샤를은 머리 위에 있는 리오가 자기를 보는 것을 깨닫고 움찔했다. 그때였다.

"기회는 지금 뿐!"

루이가 지상에서 리오를 향해 두터운 번개 화살을 쏘았다. 아니, 포격했다. 리오는 공중에서 자유롭게 움직여 공격을 피했다. 리오는 기절한 알프레드에게로 가서 공중에서 끌어안았다.

"크윽……."

알프레드를 안은 리오를 저격할 수는 없었다. 루이는 활을 내렸다. 리오는 지상에 착지해 알프레드를 바닥에 눕혔다.

"어?"

그리고 전장에 있던 모든 사람 앞에서 갑자기 모습을 감췄다. 루이는 안 좋은 예감이 들어 급히 활을 들었다. 그때, 눈앞에 리오가 나타났다.

"큭……!"

이미 늦었다. 복부에 바탕손치기를 맞고 바닥에 무릎을 꿇었다.

"끝입니다."

리오가 루이에게 말했다.

"네. 정말 대단한 사람이군요. 하지만…… 이번에 져서 다행일지도……."

루이가 웃고 의식을 놓았다. 이제 이 전장에 리오와 싸울 수 있는 사람은 없었다.

"……."

리오는 언덕에 있는 수천 군사를 응시하며 조용히 걸음을 뗐다.

"머, 멈춰! 너희! 저 놈을!"

샤를은 접근하는 리오를 보고 당황해 허둥지둥 소리 질렀다.

그러나 병사들은 굼뜨게 움직일 뿐, 리오를 막으려는 자는 없었다. 막기는커녕 마침내 리오가 언덕에 도착하자 병사들은 파도처럼 움직여 길을 텄다.

"야, 야?!"

샤를은 도움을 청하며 주위 병사들을 둘러보았다.

"……."

현실은 잔혹했다.

"히익."

샤를은 다가오는 리오를 보고 몸을 움츠렸다. 도망칠 수 있을 것 같지가 않았다. 도망쳐봤자 소용없다는 게 뼈저리게 느껴졌다.

"이곳에 온 건 실수였어."

샤를 앞에 도착한 리오가 말했다.

"뭐, 뭐냐…… 너는……?"

엉덩방아를 찧은 샤를은 화내는 것도 잊고 넋이 나가 리오에게 물었다.

"평범한…… 인간이다."

"이, 인간? 인간이라고? 하, 하하하하하, 푸하하하하하하하하하……!"

리오의 대답에 샤를이 망가진 것처럼 웃었다.

"따라와."

리오는 샤를의 뒷덜미를 잡고 크리스티나 일행이 있는 곳으로 끌고 갔다.

리오를 막는 사람은 아무도 없었다.

◇ ◇ ◇

5천 군세가 고작 한 소년에게 패했다.

이날, 이곳에서 일어난 사건은 한 가지 진실을 증명했다.

압도적인 개인의 힘은 때로 숫자의 폭력을 뒤집고 전술을 뒤집어 전장의 승패를 결정한다는 것을.

동시에 인지시켰다.

그만한 힘을 내포한 이도 존재한다는 것을. 그의 이름이 신흥 명예기사에 지나지 않은 하루토 아마카와라는 것을.

그것은 좋은 뜻으로도 나쁜 뜻으로도…….

슈트랄 지방 주변 각국에 큰 파문을 불러일으켰다.

리오 일행은 이 사건이 일어나고 열흘 뒤에 로다니아에

도착했다.

【 에필로그 】 ✥ 특별함에 대한 동경

후회는 뒤늦게 밀려온다.

가까운 미래.

하루토 아마카와를 끌어들이기 위해 각 세력이 들고 일어난다.

예감이 아니다.

확신도 아니다.

예언이다.

그는 특별하다.

그 사람이야말로 특별하다.

유일무이한 특별함.

누구보다 타인 위에 서야 하는 특별함.

따라서 누구 아래에 둘 수도 없다.

실제로 5천 군세가 손도 못 쓰고 굴복했다.

그런데.

이 얼마나 어리석단 말인가.

일찍이 그는 누구보다 밑바닥에 있었다.

일찍이 우리는 그를 누구보다 밑바닥에 두려고 했다.

격렬한 후회가 밀려들었다.

격렬한 죄책감이 솟구쳤다.

그리고.

후회도, 죄책감도, 분노도 덮어버릴 만큼.

강한 동경과 호기심이 일었다.

이번 여행 중 몇 번이나 붙었다 사그라진……

불타오르는 듯한 동경이었다.

만약.

만약 내가 아닌 그가 벨트람 왕국의 왕족으로 태어났다면? 벨트람 왕국은 이렇게 되지 않았을까?

만약, 만약 그가 내게 힘을 빌려준다면……?

만약의 가능성까지 떠올렸다.

거짓된 특별함만 가져서.

거짓된 특별함에 매달려서.

진정한 특별함을 동경했다.

만약, 만약…… 하고.

진정한 특별함이 눈부셔서.

미력한 내가 한심해서.

그 힘이 너무나 반짝여서.

그러나.

그런 만약은 존재하지 않는다.

냉정하기에.

누구보다 냉정해야 한다고 자신을 꾸짖기에.

이성을 빨리 되찾았다.

그래서 또다시 강한 후회와 죄책감이 밀려왔다.

이미 다 늦었다고 호소했다.

신기하게도 분노는 솟구치지 않았다.

앞으로 만약 하루토 아마카와를 둘러싸고 경쟁이 일어나도 우리는 그곳에 낄 수 없다.

그것이 우리나라가 저지른 죄에 내려진 벌이다.

그러니 이 동경은…….

역시 봉인해야 한다.

샤를의 뒷덜미를 잡아끌고 걸어오는 리오를 바라보며.

크리스티나 벨트람은 누구보다 냉정하게 자신을 꾸짖었다.

정령환상기

　여러분, 안녕하세요. 키타야마 유리입니다. 「정령환상기
12. 전장의 교향곡」을 읽어주셔서 진심으로 감사드립니다.
　벌써 데뷔한 지 3년하고 2개월이 지났고 「정령환상기」도
12권까지 발행했습니다. 드라마CD화도 되었습니다. 이것
도 다 이 작품을 사랑해주시는 여러분과 일러스트레이터
Riv 선생님과 담당편집 N씨, 그리고 수많은 관계자 여러
분 덕분입니다. 마음 깊이 감사드립니다. 진심으로 감사드
려요.
　드라마CD는 「정령환상기 12. 전장의 교향곡」 드라마CD
부록 특별판을 구입하시면 들으실 수 있습니다.
　리오는 마츠오카 요시츠구 씨, 미하루는 하라다 사야카
씨, 아이시아는 쿠와하라 유키 씨, 세리아 선생님은 후지
타 아카네 씨, 라티파는 쿠스노키 토모리 씨, 리제롯테는
토야마 나오 씨, 사츠키 선배는 토마츠 하루카 씨, 일곱 명
의 초호화 성우진이 캐릭터를 연기해주셨으며 재생시간이
약 70분이나 되는 꽉 찬 CD 한 장입니다.
　이미 들으신 분이 계실지도 모르겠는데 히죽히죽할 요
소를 많이 넣어서 써봤습니다(담당편집자님이 드라마CD
는 캐릭터끼리 주고받는 게 중요하다가 조언해주셔서 그
점을 의식하며 본편에는 분량 사정으로 쓰고 싶어도 쓰지

못 한 번외편 비슷한 이야기를 써봤습니다. 공공장소에서 들으면 실실거려서 위험할 수 있어요, 하하).

저도 녹음할 때 원작자 겸 드라마CD 각본 담당으로 스튜디오에 가봤습니다. 스태프와 성우 분들께 인사드리고 직접 연기를 보고 들었는데 캐릭터들이 정말 그곳에 있는 것처럼 자연스럽고 숨 쉬는 게 느껴져서 무척 감동했습니다! 제작 스태프 여러분, 성우님들 정말 감사합니다!

제가 쓴 각본이라서 좀 부끄럽지만, 재미있다고 자신 있게 말했으니 꼭 사서 들어봐 주세요(드라마CD 1탄 판매량이 좋으면 2탄이 나올 수도 있으니 듣고 싶은 이야기가 있으면 트위터나 SNS에 써주세요. 참고할지도…… 몰라요!).

참고로 드라마CD 내용은 12권 이후의 이야기니 절대로 이래야 하는 건 아니지만, 12권 먼저 보신 후에 들으시면 좋을 거예요(12권 본편 내용이 진지하기도 하니 휴식 겸해서 껄껄).

이번 드라마CD에서 다룬 이야기와 연관된 이야기는 현재 제 머릿속에 있는데 본편 후속 권에서 다룰 예정입니다. 그때 이 사이에 이런 이야기가 있었지, 하며 다시 드라마CD를 들으면 또 실실 웃으실 수 있겠죠?

드라마CD 이야기는 이쯤에서 정리하고 12권 본편 이야기도 해볼까요? 실실 웃게 되는 드라마CD와 다르게 12권 본편은 일반판 표지 일러스트에서도 보이듯 크리스티나 님의 복잡한 심정에 초점을 맞춘 이야기입니다.

이번 이야기는 1권에 크리스티나 님을 처음 등장시켰을 때부터 쓰고 싶었던 이야기입니다. 그녀가 1권 무렵에 무슨 생각을 했는지, 지금은 어떻게 생각하는지 12권 본편에 묘사만이 아니라 행간에서도 읽어주셨으면 좋겠습니다. 플로라도 사카타와 약혼했고 앞으로 어떻게 될까요(못된 얼굴)? 인터넷 버전에서는 일어나지 않은 일이 일어났고 앞으로 일어나지 않은 일이 일어날 복선을 깔아놓았으니 인터넷 버전 독자 분도, 아니신 분도 기대해주세요!

이쯤에서 줄이겠습니다. 12권도 뒤가 궁금하게 끝내서 죄송합니다. 13권에서도 만나길 바라요(13권 예고는 다음 페이지에).

2018년 11월 초 키타야마 유리

정령환상기

정령환상기
13. 한 쌍의 자수정

왕국 최강인 벨트람 왕국기사단의
맹렬한 추격을 피해 무사히 크리스티나를
로다니아로 보내는 데 성공한 리오.

이번에 그가 눈길을 향한 곳은
다름아닌 과거의 인연이었다.

프로키시아 제국으로
가볼 생각입니다.

행방불명된 원수와 결판을 내고자
적극적으로 움직이기 시작하는 리오.

한편, 리오에게 복수심을 불태우는 남자는
그 눈에
두 소녀를 담았다.

SEIREI GENSOUKI Vol.12

©Yuri Kitayama
Originally published in Japan in 2018 by HOBBY JAPAN CO., Ltd.
Korean translation rights ©2021 by Somy Media, Inc.

정령환상기 12 —전장의 교향곡—

2021년 10월 30일 1판 2쇄 발행

저   자 키타야마 유리
일러스트 Riv
옮 긴 이 이은혜
발 행 인 유재옥
본 부 장 조병권
담당편집 정영길
편 집 1 팀 이준환 박소연
편 집 2 팀 정영길 조찬희 박치우 조현진
편 집 3 팀 오준영 곽혜민 이해빈
디 자 인 김보라 서정원
라이츠담당 한주원 이다정
디 지 털 박상섭 이성호 최서윤
발 행 처 ㈜소미미디어
제 작 처 코리아피앤피
등   록 제2015-000008호
주   소 서울시 마포구 토정로 222, 403호 (신수동, 한국출판콘텐츠센터)
판   매 ㈜소미미디어
마 케 팅 한민지 최정연
물   류 허석용
전   화 편집부 (070)4164-3962, 3963 기획실 (02)567-3388
         판매 및 마케팅 (070)4165-6888 Fax (02)322-7665

ISBN 979-11-6611-658-2 (04830)
ISBN 979-11-6611-646-9 (세트)